Vénus Khoury-Ghata

La femme qui
ne savait pas garder
les hommes

Mercure de France

Romancière et poète, Vénus Khoury-Ghata est l'auteur d'une œuvre importante, dont *Le moine, l'Ottoman et la femme du grand argentier* (prix Baie des Anges 2003), *Quelle est la nuit parmi les nuits, Les obscurcis, Sept pierres pour la femme adultère* (Folio n° 4832), *Le facteur des Abruzzes* (Folio n° 5602), *La fiancée était à dos d'âne* (Folio n° 5800), prix Renaudot poche 2015, *La femme qui ne savait pas garder les hommes, Les mots étaient des loups* et *Les derniers jours de Mandelstam*. Elle a reçu le Grand Prix de poésie de l'Académie française 2009 et le Goncourt de la poésie 2011 pour l'ensemble de son œuvre poétique.

Quand il lui arrive de se lever la nuit, elle tourne le dos à la chambre du mort, au bout du couloir, pour ne pas entendre le chuchotis à travers la porte. Que cherche-t-il à lui dire ? Et pourquoi parle-t-il si bas ?

Mises bout à bout, ses paroles semblent appartenir à des voix différentes alors qu'elles proviennent de la même gorge. Plaintes ou confidences ? Comment le savoir ? Faut-il donner la priorité aux mots dits d'un ton fiévreux ou à ceux enrobés de rage ? Faut-il les classer, les placer par ordre de taille, les grands derrière les petits devant tels les élèves d'une même classe, ou le laisser s'égosiller, cogner l'air et les murs jusqu'à extinction de son souffle, quand la porte s'ouvrira d'elle-même sur le lit, le matelas roulé imbibé de son odeur fade qu'elle déroulera à la recherche de la voix qui chuchote, marmonne, menace et se plaint.

« Peux-tu me dire ce qui te tourmente ? »

demande-t-elle d'une voix presque inaudible pour ne pas le faire sursauter. Ce ne sont pas ses costumes alignés dans la penderie, ni les verres de ses lunettes sur la table de chevet, encore moins le fouillis de ses tiroirs : ficelles, crayons à papier, gommes, limes à ongles, vieille montre sans aiguilles, pièces de monnaie qui n'ont plus cours, qui pourront lui répondre.

Excédée, elle finit par lui demander où il est.

Question inutile, il est partout. Discret de son vivant, il occupe tout l'espace depuis sa disparition. Elle guette sa silhouette dans l'entrecroisement des lattes, dans les taches d'humidité des murs. Il ne peut qu'être là, à portée de ses mains. Plus de deux décennies qu'il vit entre ses murs, avant d'en sortir sans refermer la porte derrière lui ; la maison de la femme en noir devenue sa vraie tombe puisqu'il n'en a pas.

C'est à cela qu'elle pensait après son retour du crématorium alors qu'elle faisait des confitures avec les fruits achetés avenue Parmentier. Dénoyautés, cuits dans la bassine de cuivre avec leur égale quantité de sucre, ils donnaient l'impression de chanter. Le feu éteint, tout redevint silencieux dans la bassine. Que de jours silencieux devant lui, pensa-t-elle, et elle remplit l'un après l'autre les pots puis les rangea sur la même étagère, en ligne droite comme ses cendres dans le jardin du souvenir entre un palétuvier et un cyprès. Elle pensa aussi au bruit de l'urne vidée de son contenu, à son doux cliquetis dans l'air matinal, à sa propre démarche, titubante sur les pavés disjoints, à l'employé du funérarium vidant les cendres sur le gazon, en ligne droite, parallèle aux cendres des morts de la journée. Elle s'était accrochée à son bras pour ne pas tomber lorsqu'il l'accompagna à sa voiture qu'elle fit démarrer dans une odeur de brûlé.

C'était un samedi matin, jour férié, Paris vide, pas d'amis disponibles pour l'accompagner. Maquillé par un croque-mort zélé, le mort lui parut beau dans son cercueil avant d'être livré au feu, un homme séduisant qu'elle aurait pu aimer sans son incapacité à aimer les hommes qui l'aiment. Ses cendres éparpillées sur le gazon, il lui a emboîté le pas, l'a vue se garer avenue Parmentier pour acheter les fruits, impatient de retrouver sa chambre avec ses lunettes, crayons, gommes, ficelles, timbres, monnaies éculées. Était-ce lui qui l'incitait à conduire vite, à prendre les sens interdits, à brûler les feux rouges ?

C'est dans son destin d'être veuve des hommes qui partagent sa vie. Jeunes ou vieux, ils sont éparpillés dans les cimetières. Son premier mort disait : « Je veux un enfant de toi », et il creusait en elle avec rage, mois après mois, pour accrocher l'être qui le remplacerait quand il ne serait plus là. Rassuré sur sa succession après la naissance de l'enfant, il mourait peu d'années après, la laissant seule dans un grand désarroi, incapable de l'oublier face à la fillette qui lui ressemblait.

Le jeune mort vivait entre la mère et l'enfant, occupait le côté gauche du lit qu'elles lui cédaient volontiers, se contentant du côté droit. Le jeune mort regardait les images dans les livres que la mère et l'enfant feuilletaient avant de s'endormir. Son souffle tournait les pages, son doigt invisible suivait les lignes en partant de la marge. La mère ne le blâmait pas lorsque, par inadvertance, il tournait deux pages à la fois, du moment que l'enfant ne s'en plaignait pas. Protéger sa fille était sa priorité.

Silencieux tant que le jour était jour, le mort criait en elle quand l'obscurité battait la façade de l'immeuble face au sien. Elle le voyait dans l'ombre du marronnier sur le trottoir, se balancer à la plus basse branche, crier du bitume aux nuages quand une rafale de vent tourmentait l'arbre. Cris qu'elle était seule à entendre, les entendait entre ses côtes qui craquaient quand elle se retournait sur le matelas, dans sa nuque qui ployait, dans ses yeux qui pleuraient sans larmes, et la pluie visible dans le miroir qui reflète la fenêtre. L'hiver l'ayant chassé de la rue, il s'était réfugié dans un angle de la cuisine à côté du radiateur. Elle le repérait à son odeur de poussière qui montait à ses narines, au froid dans sa poitrine, un froid différent de celui qui régnait sur le reste de l'appartement.

Il était chez lui dans cet angle, mais dans sa photo qui pâlissait de jour en jour, sa silhouette se décolorant alors que ses yeux gardaient leur noirceur, son regard suivant la femme dans ses déplacements entre les chambres.

« Je veux un enfant de toi, je veux un enfant... » suppliait le mort dans un rêve, et elle attendit la nuit la plus opaque pour s'ouvrir à lui, à même le sol, consciente du peu de temps qui lui était accordé, du plaisir qu'elle devait lui donner, insouciante du sien, alors qu'il creusait en elle, marmonnant des choses incompréhensibles avant de se sauver, pressé de retrouver sa place à côté du radiateur.

Les morts sont des gens frileux, se dit-elle en remettant de l'ordre dans ses vêtements.

Palpitante de désir inassouvi, elle pensa à lui le lendemain en écossant des petits pois au cas où il reviendrait et lui demanderait à manger. Sept pois par cosse jetés dans la casserole avec un bruit étouffé. Billes végétales humées par la chatte qui le pleurait toutes les nuits, sa voix rauque comme surgie de terre, ses yeux de chouette clignotant dans l'obscurité, jaunes, même couleur que la cravate arborée dans son cercueil.

N'a jamais quitté la maison malgré les lois en vigueur qui veulent les vivants dans les maisons et les morts dans un lieu clos en retrait de la ville, s'accroche, s'allonge de tout son long sur le parquet dès qu'elle s'absente, se recroqueville sur lui-même au bruit de la clé dans la serrure.

La porte refermée, elle se déchausse, veille à ne pas l'effleurer lors de ses déambulations ; les orteils posés avant la plante du pied, prête à reculer au moindre obstacle et surtout attentive à ne pas le balayer avec les miettes sous la table, de quoi remplir la poche de la robe qu'elle portait le jour de son enterrement.

« Je veux un enfant... » Incapable d'aller au bout de sa phrase, le jeune mort le répétait dans tous ses rêves, oubliant qu'un homme âgé avait pris sa place, à table, dans son fauteuil face au téléviseur.

« Je veux mourir chez toi », avait dit l'homme âgé et elle lui a ouvert sa maison, pas ses hanches. Faire l'amour revenait à saccager, profaner. Le nouveau venu reporta son affection sur l'enfant et sur les deux boules de poil qui, la nuit venue, humaient l'odeur du jeune mort sur ses épaules étroites, sur ses longs bras, sa voix faussement mécontente lorsqu'il les grondait, butant sur les murs de la chambre au bout du couloir.

Son corps parti, il n'a pas quitté les lieux, resté là pour les chattes, les seules à le voir. Les sons rauques que la femme en noir prend pour des pleurs sont des appels. Elle s'affaire la nuit pour ne pas les entendre, lave à grande eau la terrasse, répare la chaise cassée depuis des années, ajoute une cale au pied de la table qui boite, fait reluire les cuivres de la cuisine. Le matin la trouve épuisée par une fatigue vieille de mille ans. Allumer un cierge au cul de Dieu ne donne pas forcément la sérénité. Son désarroi grandit en même temps que le laurier-sauce de son jardin qui assombrit la salle de séjour. Comment lui faire comprendre que sa maison est non conforme aux critères du veuvage et qu'il ferait bien de refaire sa vie de mort ailleurs ?

De retour du Père-Lachaise avec son cageot de fruits, elle n'alluma pas la lampe de l'entrée de peur de tomber sur lui, de l'entendre lui reprocher de l'avoir laissé seul dans le funérarium la nuit qui a précédé son incinération.

L'ombre tremblante du marronnier sur le mur, était-ce la sienne ? Les taches évanescentes mises bout à bout pourraient le reconstituer s'il le désirait. Il suffit d'un cil, d'une rognure d'ongle, d'un débris d'os, d'une miette de peau pour reconstruire un être, le son de sa voix.

« As-tu quelque chose à me dire ? »

Aussi épais qu'un mur, son silence est une réponse en soi. Il est incapable de se prononcer, le changement était si brutal, si précipité. Et qu'est-ce qu'on peut être fatigué quand on est mort.

Ballonnée par le deuil, elle trouve bizarre d'avoir laissé mourir les deux hommes, alors qu'elle a sauvé tant d'objets voués à la casse. Récupéré dans une déchetterie, le tapis qu'elle a reprisé et recoloré trône au pied du meuble chinois. La lampe en porcelaine lézardée éclaire une étagère de la bibliothèque. Les objets et les êtres ne meurent pas complètement, lui a dit son ami mage qui lit dans l'invisible et connaît l'envers de la vie.

Ils reviennent toujours, affirme-t-il, car où aller dans cet univers où ils ne connaissent personne hormis la dernière maison habitée et les dernières personnes fréquentées, ils reviennent en file indienne pour ne pas s'éparpiller, les jeunes devant, les vieux derrière, inquiets de ne pas être bien accueillis, qu'on les chasse, porte claquée à la figure.

Pour quelle raison le vieux mort tenait-il à finir sa vie chez elle alors qu'il possédait trois maisons dans trois grandes villes de la planète, avec des domestiques alors qu'elle a horreur d'être servie ?

Ne l'aurait jamais connu, ne serait pas devenue sa veuve, n'aurait pas assisté à la dispersion de ses cendres si sa fille ne les avait présentés l'un à l'autre.

Inconsolable de la disparition de son père, l'enfant de six ans avait reporté son amour sur celui qu'elle appelait son copain Tristan. Tristan lui apprenait à nager, à faire des puzzles sur une table autour de la piscine où sa mère n'allait jamais, écrivant des journées entières sur sa terrasse en bordure de l'Esterel.

« Je te le présente demain. »

Septuagénaire et aussi veuf qu'elle, le Tristan de sa fille. Saint Antoine de Padoue en tongs et maillot de bain, la couronne de cheveux gris autour de la tonsure touchait le chambranle de la porte. La silhouette longiligne attendait qu'on l'invite à entrer. Voyant sa mère interdite et son copain inquiet, la fillette lança :

« C'est papa qui nous l'envoie. »

Argument irréfutable. Tristan fut adopté illico, Tristan occupera plus tard la chambre d'amis lors de ses séjours à Paris. Sa présence ramenait le rire dans la maison ; l'enfant, les chattes devinrent son enfant, ses chattes. Courtois, discret, pétri de bonté, la femme en noir le traitait avec égards, en invité. Pas de mots affectueux, ni de gestes tendres, une mince cloison séparait les deux chambres, elle lisait ou écrivait quand l'homme s'enfermait avec sa télé et son feuilleton. Le lendemain, il lui parlera des personnages comme de vraies connaissances, mais avec détachement, son amour réservé à la fillette et aux deux chattes. Qu'importe si les bruits l'empêchaient de dormir, sa présence la rassurait. Son Orient natal continuait à infuser ses croyances sous sa peau : une femme sans homme est une maison sans toit, une fenêtre sans volets, une propriété sans clôture. L'homme protège du feu, des inondations, des tremblements de terre, des chiens enragés. Peu importe si cet homme, souffrant de vertiges, était incapable de remplacer une ampoule grillée ou de monter sur un escabeau, incapable de ramasser la souris tuée par les deux chattes, ou de conduire correctement sa voiture ; trois boîtes de vitesse cassées en trois ans. Le levier à la main, il rentrait penaud, honteux d'être maladroit, le roi des maladroits, mais quel photographe. Un travail d'artiste, les centaines de Polaroïds des deux chattes qui posaient pour lui sans se faire prier. Posèrent et partagèrent sa couche jusqu'au jour où il fut hospitalisé. De retour à la maison, méconnaissable et terriblement amaigri, elles lui tournaient le dos lorsqu'il les appelait, fuyaient l'odeur de mort qu'elles étaient seules à sentir.

Laquelle des deux a vu la mort en premier pour avoir poussé ce cri rauque, souterrain, avant de courir vers le jardin, bondir sur le marronnier, renverser d'un coup de patte le nid à l'angle de deux branches, sourde aux pépiements désespérés des trois oisillons qu'elle prit l'un après l'autre entre ses mâchoires, et ne lâcha qu'une fois inertes avant de rentrer à la maison le museau couvert de duvet et de sang. L'homme sosie de saint Antoine croyait vivre chez elle alors que toutes ses pensées allaient vers sa maison outre-Atlantique, téléphonant tous les matins pour savoir quel temps il y faisait, si le flamboyant avait fleuri, si la glycine était encore malade et si ses fleurs continuaient à tomber par-dessus la haie qui longe le trottoir. Apprendre que la dernière tempête avait foudroyé le jacaranda lui scia le cœur.

Plus de malade à soigner, ni de repas à préparer. La femme en noir ne cuisine plus, n'écrit plus, à croire que le vieux mort a emporté ses casseroles et ses pensées, emporté le double des clés de l'appartement, introuvables depuis son incinération.

« Il va revenir », se dit-elle, nullement mécontente de reprendre du service alors que sa maladie l'avait épuisée, se réinstallera dans la chambre qui l'a vu mourir, réclamera de nouveau son attention et ses efforts, remplira le vide de ses journées. Désœuvrée, elle compte dans les deux sens les pigeons alignés sur la corniche de l'immeuble, se trompe, recommence, observe pendant des heures la multiplication des feuilles mortes au pied du marronnier, la progression des mauvaises herbes qui ont envahi son jardin et qui se poussent du coude pour pouvoir atteindre le soleil. Leur longévité dépend de son bon vouloir et de la décision de son sécateur de les gracier ou de les condamner. Ne jardine plus, ne cuisine plus, n'écrit plus, ne reconnaît plus la texture des mots ni leur teneur en émotions. N'a plus de crayon ou de stylo à portée de main, n'a pas de sécateur pour élaguer le laurier-sauce qui a proliféré dans tous les sens et qui a obscurci la salle de séjour, se méfie de tout ce qui est contondant, coupant, incisif, seul le rond la rassure alors que le soleil tout rond qu'il est lape l'eau des chattes sur le seuil de la cuisine.

Son amour des chats remonte à des décennies. Elle en prit un après chaque perte d'homme aimé alors que les chats ne sont pas fiables. Les chats fuguent, reviennent avec des compagnons pris dans le caniveau, des sacs à tiques, la narguent à travers la baie vitrée, sautent un mur, disparaissent sourds à ses appels, laissant derrière eux leur miaulement sarcastique.

Il a neigé cette nuit. Les pattes d'un oiseau ont dessiné deux triangles fourchus sur le muret du jardin. Pas de voitures dans la rue, ni de passants. Seule au monde, elle se sent en manque de tout ce qui l'épuisait : ménage, préparation des repas, soins au malade. Comment faire taire le désir de tout ce qui a disparu de sa vie et qui pourtant l'exaspérait ? Les images qu'elle extrait de sa tête à coups de serpe sont à moitié décolorées. Plisser les yeux, se concentrer ne lui renvoie pas sa maisonnette au pied de l'Esterel ni la grande maison pieds dans l'eau de l'homme qui se prit de passion pour sa fillette. Désemparé par son veuvage récent, il traînait autour de la piscine, suivant d'un regard inquiet la fillette qui ne savait pas nager et dont la mère écrivait tant que le jour était jour. De retour chez lui, il devait penser aux enfants qu'il n'eut pas de son mariage et trompait sa tristesse en effeuillant les albums de photos de sa vie outre-Atlantique. Élégance ostentatoire du couple posant dans un salon illuminé par d'énormes lustres : la femme en robe longue, l'homme en smoking, une perle piquée dans la soie de la cravate. Les six domestiques indiens alignés sur le perron affichent le même sourire et la même livrée. En arrière-plan on devine une piscine panoramique ombragée par des massifs de fleurs taillés par un jardinier savant.

C'était dans un autre pays sur un autre continent où l'homme fit fortune. À qui rendre ces albums dont elle ne sait que faire maintenant qu'il est mort. Il aurait mieux fait de les emporter dans son cercueil, qu'ils brûlent avec le reste.

Elle ne lui connaît aucun parent, aucun ami ; sa fille et les deux chattes étant sa seule famille. La vieille chatte le pleure dès que l'obscurité s'empare des lieux, la jeune chatte a déserté. Devenue SDF, elle erre dans le quartier, fait le tour des gardiennes des immeubles, mendie de la nourriture, lape l'eau d'arrosage au pied des plantes et déguerpit à la vue de la femme en noir qui la cherche derrière chaque massif de fleurs, derrière chaque haie, l'appelle jusqu'à extinction de sa voix et de la nuit.

Comment les raisonner ? Quels mots employer pour leur faire comprendre que leur vieil ami est parti sans partir, son âme n'a pas quitté les lieux, les deux syllabes criées par les pigeons qui s'égosillent sur la corniche sortent de sa gorge, l'ombre du marronnier sur le gazon est une esquisse de son corps, les branches fouettées par le vent sont ses longs bras qui gesticulent.

Au bout de combien de mois, de combien d'années un mort cesse-t-il de tourmenter ses familiers ? La petite chatte hume tout sur son passage, sûre de retrouver son odeur. Le moindre indice : ficelle, bouton de veste ou chaussure dans le caniveau mènent à lui. Ses rondeurs ont fondu, sa belle fourrure blanche est noire de suie, la boule de poils soyeux exhibe une peau grisâtre, la queue jadis touffue devenue mince comme serpent de rizière. La vraie veuve c'est elle. Le deuil ne sied pas aux chattes de race, pense la femme en noir.

Les photos de la petite chatte trônent dans des cadres en argent sur la table de chevet de la chambre du vieux mort. Assise sur ses genoux ou allongée sur sa poitrine, elle est en même temps l'épouse, l'amante, l'enfant. Cette manie qu'il avait de photographier tout ce qui contribuait à son plaisir et à son bien-être. Invitée dans sa maison de l'autre côté du monde, le portail de l'hacienda grand ouvert, la femme en noir retrouva les mêmes domestiques vus en photo : gants blancs, tabliers amidonnés, yeux rivés au sol, alignés sur le perron, prêts à embrasser la main de l'étrangère qui avait fait douze heures d'avion avec l'enfant à la recherche d'un soleil absent de Paris. N'avait besoin que de soleil, ses mains serrées dans ses poches rejetaient les mœurs qui lui répugnaient. Dans son pays, on embrasse la main de l'évêque.

Maison encerclée par une haute muraille. Impression d'enfermement et de solitude malgré la végétation exubérante et la majesté des grands arbres. Terre de lave bouillonnante de vie à l'extérieur, pétrie de contraintes à l'intérieur ; le personnel, des Indiens dressés tels chevaux de parade, s'incline à chaque passage du maître, leurs grosses mains serrées dans des gants, leurs larges pieds comprimés dans des chaussures faites pour des pieds occidentaux. Rituel immuable institué par la maîtresse des lieux qui continue à surveiller son personnel du haut de la cheminée, ses cendres dans l'urne guettent le moindre laisser-aller, ne tolèrent aucun manquement aux coutumes imposées de son vivant.

L'épouse défunte trône face au miroir qui multiplie par deux l'urne et son contenu. Ses photos sur les étagères montrent la même femme assoupie sur une chaise longue du jardin avec le même livre ouvert sur la poitrine alors qu'elle ne lisait pas. Illisible le titre sur la couverture.

Malade depuis des années, les domestiques la transportaient de son lit au jardin et de nouveau au lit quand les cris des oiseaux nocturnes devenaient insupportables et que les lucioles tournoyaient jusqu'à épuisement de leurs forces autour des lampes.

Les larges baies induisant en erreur les oiseaux-mouches, le jardinier ramassait à la pelle ceux qui se fracassaient le crâne contre les vitres. Minuscule la goutte de sang sur l'occiput, pétrifiées les ailes pliées par la douleur ; si brève la mort dans la maison bâtie sur les hauteurs de la ville.

Le pays souffrant de manque d'eau, les jardiniers arrosaient la nuit. Feu d'artifice liquide, les jets d'eau qui noyaient les massifs de bégonias, de camélias et faisaient frissonner la glycine malade qui enjambait la haie, ses fleurs bleues, piétinées par les passants, viraient au mauve.

Le bruit de la raclette sur les baies vitrées de la piscine réveillait la femme en noir. Les Indiens qui s'activaient de l'aube au crépuscule lui rappelaient les paysans de son village. Même corpulence, même mutisme et mêmes odeurs de cuisine : maïs, tomates, courgettes, poivrons des vergers de sa montagne identiques à ceux qui poussent en terre maya. Séparés par toute la largeur de la planète, les paysans du Liban Nord et les Indiens de La Huasteca n'ont ni réfrigérateur, ni compte en banque, ni voiture, ni micro-ondes mais savent rendre comestible n'importe quelle herbe.

Fade la cuisine occidentale raffinée imposée par l'épouse défunte comparée aux odeurs suaves qui s'échappent du soupirail du sous-sol réservé aux domestiques. Nourriture de pauvres, mélange de légumes et d'épices, elle fait saliver l'étrangère et lui rappelle les plats de son enfance.

La respiration des Indiens, qui dorment tête-bêche faute d'espace, grimpe les escaliers la nuit, rampe jusqu'à l'étage et la chambre du maître, s'enroule autour du cou de la femme en noir, l'étrangle. Coupable d'avoir laissé le jeune mort seul à Paris planté dans une tombe du cimetière du Montparnasse. Les veuves éplorées devraient être interdites de vacances.

Deux morts et deux vivants partagent le même lit dans la grande maison sur les hauteurs de la ville, les morts conduisent la conversation, les vivants les laissent faire, oublient qu'ils ont une bouche, des bras, un corps. Malade, le cœur de l'homme, et la femme en noir saigne depuis son arrivée. Un sang noir qui prend racine dans sa mémoire aussi chargée qu'un grenier rempli à ras bord d'objets hors d'usage.

Pétrie de superstitions et de croyances archaïques, elle s'imaginait que le jeune mort cesserait de lui manquer une fois réduit à néant le service en porcelaine wild rose, cadeau de leur mariage : chaque assiette cassée représenterait un pas de plus vers la guérison. La théière ayant survécu au reste, elle pense, maintenant qu'elle se retrouve à des milliers de kilomètres de Paris, qu'elle aurait dû attendre sa disparition avant de prendre l'avion.

Deux gisants, leurs corps laissés ailleurs, ils parlent dans le noir, tout en suivant du regard la danse des branches à travers la baie vitrée, s'apprivoisent avec des mots, sûrs de pouvoir s'apprécier un jour, de l'emporter sur les invisibles qui œuvrent dans le noir.

« Nous sommes deux contre vous. Vous n'avez qu'à vous tenir tranquilles là où vous êtes, les morts. »

L'obscurité donne du courage à l'homme, il souhaite l'épouser. Il serait un bon père pour la fillette et veillerait sur elle. Elle décline l'offre ; refus dicté par la théière wild rose et par l'homme planté dans une tombe du cimetière du Montparnasse ?

Assise sur le seuil de la cuisine face au jardin, la cuisinière plume une pintade avec des gestes brusques, plume et pleure en même temps. N'écoutant que ton cœur, tu essaies avec le peu de mots qu'on t'a appris de comprendre la cause de son chagrin. Elle t'explique entre deux hoquets qu'elle a failli à la promesse faite à sa maîtresse sur son lit de mort de bien s'occuper de son mari pour qu'il ne se remarie pas. La bague à ton petit doigt est à la Señora.

« Quiere casarse contigo. »

Tu lui expliques qu'il faut être deux pour se marier.

Rassurée, son gros visage s'éclaire d'un coup, la main qui essuie les larmes sème un duvet gris sur ses joues rebondies. Elle te demande de répéter ta phrase, te serre sur sa poitrine, son étreinte sent le poivron grillé, la tomate et le persil frais.

Elle dit t'aimer comme une mère alors que vous avez à peu près le même âge et tient à te faire partager son trésor dans le sous-sol où les matelas roulés dans les angles dégagent une forte odeur de sueurs épicées. D'un geste grandiloquent elle te montre les murs couverts des photos racornies et décolorées de la défunte.

« Le temple de la Señora », clame-t-elle d'une voix tonitruante de guide de musée : Señora Rosa Maria bébé sur les genoux de son *padre*, l'homme le plus riche d'Amérique, dans la Rolls de la famille, à bicyclette, à cheval, puis (changement radical de décor) dans un village indien, entourée d'enfants en guenilles, elle-même en fait partie.

C'est là qu'elle a connu la Señora qui la fera venir plus tard à Mehico pour s'occuper de sa maison.

Tu passes en revue les visages des quinze maigrelets aux cheveux drus. Les plus petits devant, les grands derrière. Accroupis devant une hutte, ils exhibent des culottes aux couleurs du drapeau mexicain. Vert, blanc, rouge, alors que Rosa Maria est en blanc. Un fantôme au milieu de petits basanés courts sur pattes.

Mots et gestes mis bout à bout, tu comprends qu'ayant adhéré à un groupe de quakers, la riche héritière devint institutrice dans un hameau d'Indiens non loin de Veracruz. Grands et petits respectaient la « Maestra », te renseigne-t-elle, sauf Alvaro qui l'avait séduite. Chômeur, alcoolique et drogué, il lui prenait tout son argent et la battait. L'aurait tuée si elle n'avait pas eu la bonne idée de fuir. Elle a attendu qu'il soit assommé par le mescal pour courir d'une seule traite de Veracruz à Mehico, sans la moindre halte, arrivée sur le Zócalo elle est tombée sur le Señor qui l'épousait une minute après.

Tu te retiens de rire mais elle n'a cure de ton air sceptique, elle tient à te raconter la suite. Mariage discret, Alvaro dessoulé pouvait la retrouver et la manger crue avec sa robe en dentelle et sa couronne de fleurs d'oranger.

« Une sainte la Señora, la Madre de tous, les domestiques l'adoraient. Elle m'a mariée à Cruz après l'avoir fait divorcer de sa première femme, une souillon, mère d'un grand abruti, Jésus, qui riait à gorge déployée dès que Cruz me faisait ce que tout mari fait à sa femme. S'étranglait de rire et essayait de faire la même chose avec une poupée Barbie repêchée dans une poubelle. Nous étions les uns sur les autres après la naissance de nos trois garçons. Il fallait marier Jésus. La Señora lui a trouvé une fiancée, une fille avec une chambre sous les toits, mais il a refusé, il se disait marié avec sa Barbie. »

N'ayant jamais réussi à reconnaître les domestiques, tu veux savoir à quoi ressemble Jésus.

« ... à un sanglier, *culo bajo* qui traîne par terre. Manquent les cornes. »

Cerise sur le gâteau et gardée pour la fin, la photo de mariage de ses maîtres.

Assise dans un fauteuil, un éventail à la main, un gros diamant scintillant au doigt, la mariée regarde l'objectif. Main posée sur son épaule, le marié la couve d'un air protecteur. Carte postale des années cinquante. Tes parents avaient pris la même pose pour leur photo de mariage. Inévitable la question :

« Comment ai-je pu lui plaire ? »

Tu serais rentrée à Paris ce jour-là, sans justifier ta décision, s'il n'y avait eu ces rires d'enfants dans la piscine. Les fils des domestiques y ont accès depuis l'arrivée de ta fille. L'interdiction levée à sa demande. Le maître des lieux ne refuse rien à celle qu'il considère l'enfant de son cœur.

Isabel te demande pourquoi tu as divorcé du père de ta fille et tu es incapable d'avouer qu'il est mort. Il mourra le jour où la théière wild rose se fracassera en mille morceaux.

Cuite dans son jus, la pintade ira dans l'assiette du maître de maison qui continue à manger français et à parler français malgré quarante ans de vie loin de France. Les plats indiens aux odeurs suaves d'herbes et d'épices ne l'ont jamais tenté.

Poivrons rouges, jaunes, verts, farcis de maïs et de riz notés dans ton carnet, seront expérimentés sur tes amis écrivains une fois de retour à Paris.

Tu demandes à Isabel si la Señora en mangeait.

« Son esprit en mangeait. Elle ne pouvait rien

avaler les derniers temps. Son mal la dévorait de dedans sans jamais toucher à sa peau, plus fraîche qu'un pétale de magnolia. Il marchait dans son estomac, montait à sa bouche, grignotait ses gencives. Son sang blanc faisait la guerre à son sang rouge, aucun docteur au monde ne pouvait les réconcilier. »

Ses gros yeux embués de larmes, Isabel se lève, s'empare d'un balai et nettoie le sol avec l'impression de balayer les mauvais souvenirs. Calmée d'un coup, elle déclare que Señora Rosa Maria contrairement à ce qu'on pourrait croire n'a jamais quitté la maison et ce n'est pas l'urne ramenée du crématorium qui va la contredire.

Pas d'odeur pas de saveur, elle en a goûté sur le bout du doigt, « *ceniza sintética* ».

« *Señora aqui* », elle est ici, clame-t-elle, et elle tape le sol des deux pieds. À l'entendre, la morte suit les fourmis qui vont de pièce en pièce, cherche son *esposo* dans les étages, dans les chambres, grimpe sur son lit, se cache sous son oreiller, mais disparaît à la saison des pluies quand les terrasses et les jardins sont imbibés d'eau.

« L'humidité mauvaise pour les rhumatismes. »

« *Muerta apariencia solamente* », elle fait partie du jardin où elle passait ses journées à regarder le sommet des grands arbres, à parler au soleil comme à un fils, lui parlait pour se réchauffer, l'écoutait avec ses yeux et je pensais que le bon

Dieu aurait dû lui donner des racines et laisser ses jambes malades à la glycine qui ne sait que salir le gazon de ses fleurs malades. Des journées entières dans la même chaise. À croire que la couverture sur ses jambes amaigries « cachait deux bâtons », dit Isabel.

Avide de raconter ce qu'elle tait depuis des années, elle enchaîne sur une fillette qui s'arrêtait deux fois par jour devant le portail pour regarder la malade sur la chaise longue à travers les barreaux. On l'entendait arriver de loin, sauter sur le trottoir, de case en case, comme si le trottoir était une marelle. La Señora guettait ses apparitions, l'invitait à entrer, mais la fillette disait non de la tête, puis repartait d'un pas lent, ne sautait plus, marchait dos courbé sous son sac devenu soudain plus lourd.

Les années ont passé mais Isabel se pose toujours la même question. Était-ce pour voir la fillette de près ou pour fuir la maladie que la Señora s'était engouffrée un soir par le portail entrouvert alors que ses jambes ne la portaient plus, et avait marché jusqu'à via La Reforma où la mort ne pouvait la rattraper ?

Le Señor a fouillé la ville pour la retrouver. Ses dernières traces s'arrêtaient sur le Zócalo, où des Indiens de la Sierra Madre manifestaient depuis trois jours. Avachis sur les marches de la cathédrale, ils réclamaient au *gobernador* de l'eau courante, un *padre* pour leur église et un instituteur pour leur école. Un commerçant dit l'avoir aperçue sur la banquette arrière du car qui a ramené les Indiens dans leur village, mais c'était le soir, il pouvait s'être trompé, un autre croit l'avoir vue transportée par une ambulance, suite à un malaise dû à la chaleur, alors qu'aucune femme blanche atteinte de leucémie ne fut admise ce jour-là dans un hôpital de la capitale.

Elle revint chez elle le lendemain, en taxi qu'Isabel paya, le chauffeur dit l'avoir trouvée dans la rue, épuisée, titubante de fatigue. Elle semblait contente de retrouver la maison mais déçue de n'avoir pas trouvé ce qu'elle voulait : un ceiba.

« C'est quoi un ceiba ?

— L'arbre qui guérit de toutes les maladies » est la réponse d'Isabel qui t'explique comment ça fonctionne.

Le malade attaché au tronc et la même entaille pratiquée dans sa main et dans l'écorce, il prend la bonne sève de l'arbre et donne son mal aux branches qui le crachent par leurs feuilles.

Le docteur venait la voir tous les jours. Elle serait encore en vie sans la rechute subite des *plaquetas*.

La muraille, le portail fermé à clef n'ont pas empêché la mort d'entrer dans la maison. Le sang tombait de ses gencives, salissait ses belles chemises de nuit en soie. Regarder sa bouche quand elle parlait était une souffrance. Affaiblie, la voilà devenue sourde puis aveugle mais pas muette, parlait d'une seule et même chose : le ceiba qui n'existe que dans les légendes. Morte un vendredi soir. Il pleuvait à verse. Des bourrasques giflaient les vitres de sa chambre, pliaient les arbres jusqu'à terre, déchiquetaient le feuillage. La Señora quittait le monde à temps, avant un nouveau déluge.

Il pleut depuis une semaine. Le sol n'arrive pas à absorber toute l'eau déversée par le ciel. Le jardin ressemble à un étang, tu essaies de repérer à travers les baies vitrées les arbres qui ont résisté aux intempéries. Imperturbables, la glycine pourtant malade, le flamboyant, le faux poivrier, tandis que les azalées, bégonias et camélias ont perdu toutes leurs fleurs. Seule note de couleur, les lucioles entraînées dans une mort circulaire, une mort blanche.

Une panne d'électricité comme il en arrive souvent dans cette ville a transformé le jardin en une masse noire alors que la piscine reste visible dans l'obscurité. L'eau à travers les vitres bouge comme si quelqu'un s'y trouvait et faisait des longueurs. Nage avec élégance, sans faire le moindre bruit et sans éclabousser les vitres, nage vêtu de blanc, d'une robe transparente. Tu connais cette robe pour l'avoir déjà vue en photo portée par la Señora entourée d'enfants indiens dans un village huastèque. La morte se sait observée et fait des performances, nage sous l'eau pour en émerger avec grâce, mains diaphanes, corps translucide, son passage semant des frissons sur ta peau et sur celle de l'eau.

Contrairement à ce que tu croyais, les morts peuvent nager. Tu es étonnée mais pas inquiète. Un sentiment de quiétude t'enveloppe comme un linge chaud à mesure qu'elle recommence les mêmes longueurs.

Consciente de ta présence, et te voulant spectatrice de ses prouesses, la morte nage tantôt sur le ventre tantôt sur le dos sans te quitter du regard. Un lien fort vient de se tisser entre vous deux. Demain ! Tu demanderas à Isabel de replacer l'urne de ses cendres sur le manteau de la cheminée, qu'elle retrouve sa place initiale face au miroir multipliant sa présence par deux.

Tu attends le matin pour raconter à Isabel la nageuse infatigable qui sollicitait ton attention, les lucioles qui éclairaient la scène, l'eau qui ne bougeait pas. Elle n'est nullement étonnée.

« *Por qué los muertos no pueden nadar ?* »

Ce soir, à la tombée de la nuit, Isabel allumera deux candélabres et les placera des deux côtés de la piscine. L'odeur de cire rassure, dit-elle, les âmes inquiètes.

Aussi insomniaque que le flamboyant, tu passes en revue les arbres que la morte regardait, la piscine qu'elle fit construire à grands frais par un des architectes de Brasilia, à coups d'arcs en béton et de baies vitrées doublées de plantes luxuriantes. Ils devaient être fous pour s'offrir un tel monument alors qu'ils vivaient isolés, ne recevaient pas, ne fréquentaient pas.

« Ma salle à manger n'a jamais reçu que ma femme et moi, on se suffisait. Interdit au personnel de frayer avec les domestiques des voisins. Ils ne semblent pas plus malheureux que d'autres, se consolent avec le mescal.

— Le mescal c'est quoi ?

— Une herbe. Elle leur fait croire qu'ils vont devenir plus riches que leurs maîtres, qu'un trésor les attend quelque part sous une montagne indiquée par un mage auquel ils refilent la moitié de leur salaire. »

Départ tous les dimanches à l'aube, dans la

vieille Chevrolet qu'il leur a cédée, hommes devant, femmes et enfants à l'arrière. Les pelles, pioches, serpes dans le coffre et des clés rouillées autour du cou. Ils creusent toute la journée, reviennent le soir, tiennent à peine sur leurs jambes, langue pendue par l'épuisement, ils déclarent avoir été à deux doigts de mettre la main sur le trésor, l'auraient embarqué si les diables qui creusaient de l'autre côté de la montagne n'étaient pas plus rapides. Ils répondaient à chacun de nos coups de pioche.

Contraints de se replier pour ne pas les affronter. Ils recommenceront dans une semaine, mais sans les enfants, prendront un autre chemin pour brouiller la piste de qui vous savez. Creuseront de nouveau, mais en silence, le bruit de la pioche alerte les esprits malins.

Le maître n'approuve pas, ne condamne pas, n'ironise pas.

« Pourquoi ne pas leur parler de l'écho qui répondait à leurs coups de pioche ?

— Ils ne connaissent pas l'écho et pourquoi leur interdire de rêver ? »

Contrairement aux fleurs qui se referment dans l'obscurité, ton hôte ne s'ouvre que dans le noir. Le soir venu, et vous deux réduits à deux ombres, il se confie en phrases qui n'excèdent pas trois mots, à toi de continuer ce qui fut suggéré. Assis sur deux chaises longues de la terrasse, vous parlez sans vous regarder. Il regrette de n'avoir dit son amour à sa femme qu'une fois morte, dans le cercueil prêt à être cloué, tu lui fais part de ton regret d'avoir donné la priorité à l'écriture, écrire jusqu'à oublier sa présence à tes côtés, convaincue qu'il était éternel. Il te parle aussi de son père qui s'était tiré une balle dans la bouche après le départ de sa femme avec son amant et il ferait de même si tu le quittais.

Mots aussi noirs que l'obscurité qui vous environne et que l'oiseau-mouche qui vient de se fracasser le crâne sur la baie. Une victime de plus des vitres qui se font face, induisant en erreur les étourdis qui croient pouvoir passer d'un jardin à l'autre sans rencontrer d'obstacle.

La vue de l'oiseau affalé à tes pieds te bouleverse, tu reportes ton regard au-delà de la muraille et du portail cadenassé à la recherche d'un peu d'air.

Un barrage vient de céder dans ta bouche. Tu lui dis que sa maison est une prison, un cimetière d'oiseaux, que tu étouffes entre ses murs et que tu es incapable d'aimer.

« Ceux qui m'aiment meurent. Je porte malheur. »

Il hoche la tête, t'approuve. Sa main relève l'ourlet de son pantalon, il te montre un bleu sur son genou. S'était cogné sur le bois du fauteuil lorsqu'il s'était penché pour t'embrasser, il y a une semaine.

« Deviendra vert puis jaune », annonce-t-il d'une pauvre voix et il éloigne sa chaise de la tienne. Prend ses distances.

La mort d'un oiseau mérite-t-elle tous ces débordements ? Ton désespoir est démesuré comparé à la cause. L'oiseau étalé sur ta paume, tu remets de l'ordre dans ses plumes, essuies la minuscule goutte de sang du front avant d'éclater en sanglots.

Croit-il te consoler en te demandant de vivre désormais chez lui pour le bien de l'enfant et pour une qualité de vie que tu n'as pas à Paris ?

« Tu écrirais ici. »

Tu dis ne pas savoir écrire loin de Paris, alors que les mots sont partout dans le monde, qu'il suffit de les ramasser pour en faire des livres.

Comment le convaincre que tu manques d'oxygène loin du milieu littéraire auquel tu dois tes joies, tes déceptions, doutes, certitudes, dépressions et exaltations.

Venue d'ailleurs, tu serais toujours l'étrangère. Tolérée sans plus. Le français écrit par des non-Français de souche, du fruit congelé sans odeur sans saveur pour certains, démodé pour d'autres, exotique pour les nostalgiques du colonialisme qui collent cette étiquette à tout ce qui n'est pas hexagonal alors qu'un homme arborant une perruque poudrée et un jabot en dentelle est pour toi le comble de l'exotisme. Appréciée ou rejetée, ta rencontre avec cette langue reste le plus grand événement de ta vie. Tu as découragé toute tentative de traduire tes livres dans ta langue maternelle débordante de sentiments. Austère, sobre, la langue française est ton garde-fou contre les dérapages. Tu écris comme tu jardines, couds, cuisines. Aucun homme ne pourra remplacer ceux qui discutent livres autour de ta table.

Le voyant pétrifié, tu lui répètes la phrase avec les mêmes intonations comme s'il ne l'avait pas entendue : « Non ! Aucun homme ne pourra remplacer mes amis écrivains. »

Tu as frappé fort et fais mal sciemment, tu serais rentrée à Paris le lendemain si ta fille malade n'avait été hospitalisée peu d'heures après. Vomissements et diarrhées l'avaient déshydratée, fiévreuse, elle divaguait. Elle mourra par ta faute, expiera pour toi qui fais souffrir un être bon qui ne demande qu'à vous rendre heureuses, rejoindra son père au cimetière du Montparnasse puisque tu la prives de ce second père.

Au chevet de ta fille, tu ne supportes pas le visage d'homme ravagé par l'inquiétude. Ses supplications au médecin de sauver son enfant t'exaspèrent. Tu penses au vrai père qui devrait être là, mettre fin à votre errance et à tes improvisations comme s'il y avait une vie possible après lui.

Mourir ne donne pas le droit de cesser de s'occuper des siens. Qu'attend-il pour vous ramener chez vous où sa place est encore chaude dans le lit ?

Adieu et merci à l'homme généreux qui a offert des vacances à sa femme et à sa fille.

La maladie de ton enfant vous a rapprochés, il est le garant de sa vie. Elle ne mourra pas tant qu'il veillera sur elle. Sa présence éloignera son père qui essaie de la reprendre, c'est du moins ce que tu te forces à croire quand retentit le rire de l'enfant.

La découverte des sites mayas marquera sa guérison.

Une amie ethnologue fera partie du voyage. Sa voix réveille les lieux endormis depuis des millénaires. Le peigne en corne et le miroir à deux faces exhumés par son équipe qui fouille devaient appartenir à une jeune mariée, la clef à trois fentes ouvrait la porte d'une maison de notable, multicolores les tombes des villages traversés et si hautes les marches des temples pour les hommes de l'époque, petits et trapus. À un jet de pierre du temple, une maison avec un seul mur respire l'air après trois mille ans sous terre. Les noms des petits dieux, celui de la pluie, celui de l'eau douce, celui du foyer, sonnent comme hochets d'enfant. Pas la moindre roue exhumée ; le cercle interdit pour ne pas humilier le soleil. Trois fleurs blanches gardent le palais du gouverneur d'Uxmal, trois iguanes dévorent un rayon de soleil sur son parvis. Un mur, un miroir, un peigne, une clé, des récipients rituels rouillés, seuls rescapés de tout un peuple disparu de la planète. Aucune certitude n'étaie les suppositions et les études publiées. Faut-il accuser une guerre exterminatrice entre deux ethnies, la famine ou un tremblement de terre dévastateur qui a anéanti hommes et habitations sans toucher à un seul cheveu des temples dédiés à leurs dieux ?

L'ethnologue française te parle de toutes ses publications en langues étrangères sauf en français. Morte il y a dix ans, inconnue de ses compatriotes.

Mêmes couleurs des robes des femmes et des paons juchés sur les branches des arbres du restaurant. Un enfant promène un iguane par une laisse. Plus au nord, dans un village groupé autour de son église, un cimetière peint de toutes les couleurs de l'arc-en-ciel alors que la cloche qui appelle les croyants a des sanglots dans la voix.

Détruit par quinze années de guerre, reconstruit ailleurs, le cimetière de ton village, au nord de tous les nords, déménagea tous ses morts, sauf ta mère ; ses enfants éparpillés par la guerre, n'ayant pu s'occuper de son transfert. Ensevelies cinq mois de l'année sous la neige et sous les hautes herbes le reste de l'année, les tombes désaffectées boitaient. Le gel grignotait le nom des défunts.

« Des crétins les morts, qu'ils soient grands ou petits, riches ou pauvres », clamait le garde forestier qui cueillait pour son usage personnel le cannabis au cours de ses randonnées. Les tiges cachées dans son ample saroual donnaient à ce dernier un balancement qui ne trompait personne lorsqu'il traversait la place. Rentré chez lui, il effeuillait, séchait, pulvérisait, fumait sans plaisir ce qu'il appelait l'herbe du diable pour voir le monde en plus grand comme Dieu l'a créé : un caillou sous la tête pour faire la sieste devenait un rocher, un poussin pris pour un coq ; le garde forestier mort eut droit à un plant de cannabis dans son cercueil, l'offrirait au bon Dieu si jamais l'envie prenait celui-ci de voir son monde plus grand qu'il ne l'avait créé.

Récoltées fin juillet, séchées sur les toits des maisons sous le soleil d'août, les feuilles de cannabis produisaient une combustion à froid qui plongeait dans une douce torpeur hommes et bêtes. Incapables de voler, les oiseaux marchaient patauds, les serpents se laissaient prendre sans résister. Assoupis derrière leur comptoir, les commerçants de la place n'avaient pas la force de rabrouer les chapardeurs. À midi tapant le curé du village appelait grands et petits à se prosterner. Ce qu'il prenait pour une apparition de saint Antoine dans le puits n'était que le reflet du soleil dans l'eau. Tout le monde à genoux, ils se signaient, les grands repartaient chez eux, les enfants reprenaient leurs jeux.

La fragilité de tes genoux remonte à cette époque. Le cartilage usé par les génuflexions.

Lors de ton retour dans ce village après trente ans d'absence, personne ne te reconnut. Les vieux qui prenaient le soleil sur la place te prirent pour une touriste étrangère. Grande déception de l'équipe de télévision qui t'accompagnait pour filmer les lieux décrits dans tes livres. Trente ans d'absence avaient tout effacé. La cascade assourdissante devenue mince filet d'eau. Emmuré le cercueil jadis visible sous une paroi de verre du poète Gibran ramené en grande pompe de Boston en 1931. L'atelier de ton oncle menuisier fabricant de cercueils transformé en poulailler géant et disparues du paysage les milliers de chèvres, consommées pendant les quinze années de guerre qui ont coupé le village du reste du pays. Le cameraman a fini par découvrir deux chevrettes au fond du ravin et payer le chevrier pour qu'il consente qu'elles soient filmées. Tu avais repris le bus pour la capitale, triste de découvrir qu'il suffit de s'éloigner des lieux aimés pour qu'ils vous deviennent méconnaissables.

Étonnante la ressemblance entre les ânes mexicains et ceux de ton village. Même taille, même robe grise et mêmes modulations lorsqu'ils braient, à croire que seuls les hommes avec leur manie de vouloir se distinguer les uns des autres multiplient les langues, alors qu'ils pourraient s'entendre sur une langue commune. Mêmes ânes, même végétation et même pain ; les tortillas petites sœurs du pain serviette, la pâte balancée d'une main à l'autre devenant translucide avant de cuire sur ce qu'on appelle le « saj ». Tu manges les *tapas* achetées trois pesos debout alors que ton hôte ne conçoit les repas qu'autour d'une table, servis par des domestiques gantés de blanc.

Tu aurais ri et cru à une plaisanterie, il y a une semaine, si on t'avait dit qu'en l'espace de quelques jours tu ne reconnaîtrais plus ta vie. Tes mains poisseuses de sauce, tu fends la foule des touristes face à la cathédrale, butes sur des enfants qui semblent avoir poussé sur le bitume, vendeurs à la sauvette de maïs bouilli, de chewing-gums ou de vanille. Dans peu d'années, ils prendront le relais de leurs aînés, danseront sur cette même place, nus, une plume de paon entre les fesses, une autre sur la tête avec le curé de la paroisse encombré par sa chasuble et qui risque de tomber à chaque pas.

Un mendiant s'accroche à ton bras, il exige l'aumône d'une voix autoritaire. Il te fait peur.

Tu pénètres dans la cathédrale pour lui échapper, allumes un cierge pour l'âme de ton mari, un autre pour ton hôte avec l'impression de t'acquitter d'une dette, puis t'adresses à la Vierge en français alors qu'elle est censée parler espagnol.

Tu racontes à ton hôte qui t'attend à la terrasse d'un café les danseurs nus, le curé qui avait du mal à suivre le rythme, les cierges qui brûlent dans la demi-obscurité. Tu racontes aussi les *tapas* mangées debout au milieu de la foule.

L'annonce d'un tremblement de terre imminent le bouleverserait moins.

Sais-tu que ces gens se mouchent dans leurs doigts en cuisinant ? que les mères torchent leurs nourrissons d'une main et coupent les légumes de l'autre ? que les boulangers crachent dans leur paume pour bien mouler la pâte ? qu'un nouveau-né sur trois survit mais que ça ne les empêche pas de continuer à en faire, fabriquent des voyous, des voleurs à la tire, des mendiants, qu'un mendiant mexicain sur deux est lépreux ?

« Jure de ne pas recommencer. »

Même ton autoritaire que le mendiant qui t'a terrorisée. Ta fille qui assiste à la scène sent la colère monter en toi. Son regard te supplie de te calmer. Tu crois l'apaiser en lui annonçant votre retour demain à Paris :

« Papa nous attend à la maison. »

Un vieil Indien accroupi à l'ombre d'un arbre poussiéreux ne te quitte pas des yeux. Tu soutiens son regard, curieuse de voir lequel de vous deux se lassera le premier. À quoi sert cette corde sur son épaule ? Il se lève, s'approche de votre table, s'empare de ta main, la palpe comme le ferait un aveugle et la pose sur celle de ton hôte :

« *Seras su viuda no su esposa* », marmonne-t-il yeux fermés, suivi de cet appendice :

« *Tu le lloraras mucho.* »

Que veut-il dire par tu seras plus sa veuve que son épouse et tu le pleureras beaucoup.

Tu continues à fixer le pied de l'arbre alors que le vieil Indien n'y est plus.

Tu es sûre de l'avoir déjà rencontré même si tu vivais sur un autre continent. Faut-il croire qu'il y a des choses qu'on a vues avant de les voir ?

La vie pour ton hôte est une ligne droite. Pas d'improvisations, ni de débordements, et surtout pas d'effusions, bien réfléchir avant de s'exprimer, ne rien entreprendre sous l'empire de la passion, accepter tout ce qui est décidé par le destin, même la mort alors que tu lui jetterais des pierres et lui cracherais à la figure si jamais tu la croisais. Tant de rigidité ne devrait pas t'étonner, Isabel avait préparé le terrain en te parlant d'un couple que ses maîtres fréquentaient il y a des années. Des voisins, avec jardin mitoyen. Lui professeur d'université, elle violoniste. Se voyaient régulièrement jusqu'au jour où la Senora a tout arrêté. Arrivés à dîner avec cinq minutes de retard, ils ne s'étaient pas excusés, il était en bras de chemise et elle portait un chemisier transparent, les seins comme je te vois et tu me vois. Mon pauvre Cruz qui faisait le service suait à grosses gouttes sur le poulet à la crème. Ont cessé de se fréquenter, ne se saluaient plus, les volets des fenêtres qui donnent sur leur jardin fermés à jamais.

« *Tenemos que morir para liberarse de los prejuicios.* »

Que veut-elle dire par seule la mort libère des préjugés ?

Ses explications rendent les choses plus confuses ; comment croire que la mort a affranchi sa si rigide maîtresse ?

Voyant ton air sceptique, elle jure sur ta tête l'avoir vue nager nue dans la piscine puis se rouler sur le gazon pour se sécher. Elle l'a fait toutes les nuits pendant votre absence. La serviette propre sur le bord de la piscine était mouillée le matin.

Isabel jure de nouveau, sur la tête de ses fils cette fois.

Pourquoi ne pas la croire étant donné que les paysans de ton village croient dur comme fer que leurs morts se cachent derrière la cascade derrière le cimetière, que les âmes et les insectes prolifèrent dans l'eau et que ta fille a raconté aux enfants d'Isabel qu'elle retrouve son père tous les étés lorsqu'elle plonge dans la mer face à votre maisonnette en bordure de l'Esterel ?

Il crie comme un phoque, joue comme un phoque, nage sous elle, au-dessus d'elle, danse autour d'elle, qu'elle le retrouve plus longtemps lorsqu'elle arrive à retenir sa respiration. Elle n'a pas besoin de le voir pour savoir qu'il est là, dans l'eau de sa poitrine.

Qu'ils soient orphelins d'un père ou d'une Señora, tous des menteurs. Des menteurs aussi tes ancêtres accrochés à un bout de rocaille et une montagne si haute que les éperviers qui la survolent rasent le sol de leurs ailes.

Quarante-cinq ans de vie à l'étranger n'ont pas réconcilié ton hôte avec son enfance dans une ville du sud de la France. Suicide du père le jour où sa femme l'a quitté pour suivre son amant en Indochine. Plus de famille du jour au lendemain.

Dit ne se rappeler de rien, n'admet aucune intrusion dans sa vie, rentre de nouveau dans sa coquille, se lève pour couper court à d'autres questions mais tu persistes et lui demandes quelles furent ses relations avec sa mère après le suicide du père.

« J'ai tout oublié... On ne se voyait plus. »

Pensionnaire de sept à dix-sept ans, il lui était impossible de la revoir quand elle rentrait en France pour quelques jours. L'a revue sur son lit de mort, rongée par un cancer du col de l'utérus.

« Châtiée là où elle avait péché. »

Son aînée de quinze ans, sa femme remplacera la mère.

Tu penses au père de ton enfant, lui aussi privé de sa mère tout au long de son enfance. Consul du roi Zog d'Albanie à Skopje, son père s'était retrouvé apatride lorsque le communiste Enver Hoxha s'empara du pouvoir.

« Oublie-nous et fais ta vie ailleurs, lui conseilla son père resté à Tirana. On te pendra sur la grande place si jamais tu reviens, et va voir de ma part Nessib Bey dans son village de Beylerbey face à Istanbul, c'est un homme influent, il saura te trouver un travail digne de tes compétences. Un dernier conseil, épouse une de ses filles pour ne pas te retrouver à la rue. »

Le caïque pris à Istanbul trois jours après le déposait sur le quai de Beylerbey, nul besoin de chercher le yale de Nessib Bey, reconnaissable à ses fenêtres en ogive et à son grand portail sculpté d'arabesques. Il n'eut qu'à prononcer le nom de son père pour être accueilli à bras ouverts et présenté à la maîtresse des lieux et à ses deux filles, l'aînée nettement moins séduisante que la cadette.

Pressé de s'installer sous un toit et séduit par la benjamine, il fit sa demande en mariage le lendemain. Objection du père, on marie l'aînée en premier. N'ayant pas le choix, il épousa l'aînée, l'engrossa, patienta jusqu'à l'accouchement, puis quitta la maison et le pays, l'enfant sous le bras. Confié aux pères jésuites à l'âge de quatre ans, le fils voyait rarement son père qui suivait d'un œil lointain ses études secondaires, puis ses études de médecine à Paris.

Trente ans sans nouvelles de sa mère. Apprenant la mort de son mari, elle lui écrivit et lui annonça son arrivée dans une semaine.

Comment la reconnaître parmi les voyageurs qui débarquaient de l'Orient-Express ? se demandait-il anxieux.

Le père avait découpé le visage de sa femme de toutes les photos de son ancienne vie. Remplacé par le sien : un tarbouche avec pompon, des moustaches à la Clark Gable surmontaient des seins opulents, une robe en dentelle et des escarpins à hauts talons. Le quai arpenté de long en large et tous les voyageurs partis, ne restait qu'une femme assise sur sa valise. Hésitations de part et d'autre. Comment s'assurer qu'elle est sa mère et qu'il est son fils ?

« Êtes-vous maman ? » bégaya-t-il conscient de dire une bêtise.

Les voilà dans les bras l'un de l'autre, les années rétrécies en une étreinte.

Tu as le don d'attirer le même genre d'hommes, les fils uniques élevés par des pères fantasques, fils sans mère. Tant de similitudes te donnent le vertige, le mort et le vivant pris dans le même écheveau et même tourbillon. Qu'aurais-tu fait en ce moment si on t'avait dit que ton hôte partagerait ta vie pendant des décennies, qu'il occuperait la chambre et le lit du jeune mort, suspendrait ses costumes à côté des siens dont tu n'as jamais voulu te séparer, qu'il porterait un soir sans s'en rendre compte le complet gris à rayures blanches, jumeau du sien, même laine et mêmes rayures, s'étonnerait qu'il lui arrive au mollet, qu'il flotte autour de la taille et que les manches s'arrêtent aux coudes, tournerait sur lui-même abasourdi, se demandant s'il a maigri et grandi, en même temps sachant qu'on ne grandit plus à partir d'un certain âge ?

Le costume gris à rayures blanches et l'enfant qui dormait à l'intérieur de la maison sur les hauteurs de la ville, seuls liens entre les deux hommes que tout séparait : taille, pays, langue, études, carrière. Le vivant, soucieux de son bien-être alors que le mort n'avait que mépris pour le confort et les apparences : pas d'appartement personnel, vivait dans une mezzanine au-dessus de ses laboratoires où il entassait disques de musique classique, tapis anciens, lithographies, gravures, livres d'artistes, dormant sur un canapé-lit, se lavant debout devant un lavabo ; la salle de bains transformée en laboratoire pour développer les photos des églises romanes qu'il découvrait au cours de ses voyages.

C'est sur ce canapé étroit que vous dormiez lors de tes séjours à Paris, devant ce même lavabo que tu faisais ta toilette, tel un chat, la serviette mouillée faisant le tour du cou, du torse jusqu'aux pieds, sur le réchaud électrique réservé au café que tu lui cuisinais des plats sophistiqués, gratinés dans l'autoclave à côté des bouillons de culture, ignorant qu'un germe échappé d'une éprouvette contaminerait l'homme aimé.

Une question : le jeune mort devenu un biologiste renommé et le vieux mort qui avait quitté la France pour faire fortune outre-Atlantique se sont-ils jamais croisés dans l'au-delà ? Se sont-ils reniflés tels deux chiens pour détecter ton odeur sur leur peau évaporée ? En quels termes t'ont-ils évoquée ? Ont-ils critiqué ta manie de pourchasser la moindre poussière, moindre tache sur le sol ou sur les murs, ta grande consommation de détergents, ou les journées entières devant ton ordinateur, recommençant à plus soif la même page et même paragraphe, oubliant les heures de leurs repas ?

Tes deux défunts se sont-ils inquiétés de ta grande maigreur, douze kilos perdus suite au décès du premier et six après le second. Soit la moitié ; la douleur divisée. T'ont-ils qualifiée de maniaque de l'ordre, de boulimique de lecture et d'écriture, notant dans un carnet à portée de ta main la moindre pensée qui te traverse, même la nuit, yeux fermés par le sommeil. Ont-ils évoqué les monceaux de livres qui te séparaient des autres ; les pages dressées comme des murs entre toi et les membres de ta famille ?

Lis et écris plus vite que tes yeux et ta main, le regard, tourné en dedans, brille comme au fond d'un trou. L'écriture te sauve à chaque défaite, à chaque perte d'un être cher. Un livre terminé tu te sens vulnérable, tout t'agresse. Impression de remuer sans cesse la boue qui stagne au fond de toi, épaisse comme vase d'étang ; l'écriture te tenant lieu de colonne vertébrale, de garde-fou contre le mal d'être, le mal de vivre.

Tu lisais des nuits entières dans la grande maison outre-Atlantique lorsque les insomnies te jetaient sur la terrasse face au jardin obscurci. L'homme qui se réveillait à l'aube te cherchait, dans les draps, dans les étages, te trouvait roulée en boule sur la chaise longue, un livre ouvert sur ta poitrine alors que tu ne lisais pas.

La maison t'oppressait. Pourquoi ne pas détruire la muraille, que le jardin déborde sur la rue avec ses oiseaux suicidaires, ses papillons écervelés, ses lézards obèses, gros comme des iguanes, et le chat d'Isabel qui devait souffrir d'enfermement pour cogner, la nuit venue, sa tête contre le portail, prêt à le défoncer. C'est dans cette chaise longue que tu fis ce rêve. Derrière le portail fermé, ton mari suppliait qu'on lui ouvre. Il voulait récupérer sa femme et sa fille. Les domestiques qui dormaient dans le sous-sol ne pouvant pas l'entendre, il secouait les battants, t'appelait, mais tu étais incapable de te lever pour

61

lui ouvrir. Réveillée en sursaut, tu avais continué à entendre ses appels de plus en plus étouffés, lointains comme s'ils provenaient de l'autre côté de la ville.

Tu avais raconté ton rêve à ton hôte et il t'avait conseillé d'être plus raisonnable dans ton sommeil. Tu lui avais dit avoir vu sa femme nager dans la piscine et il t'avait répondu qu'il n'y avait rien d'étonnant à cela, les morts comme les insectes prolifèrent dans l'eau stagnante.

Pas de dialogue avec lui, ni avec Isabel. Inutile de lui demander de ne plus enfermer son chat, la nuit, de le laisser circuler à sa guise.

« Les Chinois mangent les chats errants. »

Isabel avait ses certitudes et toi tes frayeurs lorsque marchant dans le noir, incapable de trouver les commutateurs, tu butais sur des portes fermées, te cognais aux meubles comme chauve-souris aveugle. Combien te faut-il de temps pour apprivoiser les lieux et te faire comprendre d'Isabel qui ramasse son chat, terrifiée dès que tu lui demandes un gâteau avec ta tasse de thé. Son « gato » n'est pas à manger. Son gatito débarrasse le sous-sol des blattes et des mulots qui grignotent les chaussures et les livres de ses garçons.

L'adresse d'une pâtisserie du centre-ville notée sur un bout de papier, elle t'encourage à sortir, à te promener avec l'enfant qui doit se sentir seule depuis qu'elle a interdit à ses fils de jouer avec elle. Comparer leurs banals tennis à ses baskets phosphorescentes les humilie.

« La jalousie du pauvre est un péché mortel, dit-elle.

— Et celle du riche ?

— Un péché véniel. »

Honteuse dans le milieu littéraire, la richesse ne l'était pas pour Isabel qui considérait la lenteur comme un art de vivre et la mollesse une leçon de bien-être. Tu te croyais sur une autre planète quand la voix de ton hôte au téléphone égrenait d'une voix chantante son nom et son prénom à son interlocuteur.

E comme Ernestino
R comme Ronaldino
I comme Isidoro
C comme Carmelito
G comme Guanajato
E comme Ernestino
U comme Ursulina, et ainsi de suite…

Chaque nom épelé avec soin, lettre après lettre, exclut la rapidité, le temps pour ton hôte dans son petit Éden n'ayant pas la même texture ni les mêmes dimensions que pour tes amis parisiens qui courent au lieu de marcher, avalent sans mâcher et s'expriment par onomatopées.

Ernestino, Isidoro, Ronaldino… Tu imites sa voix pour casser le silence qui t'entoure. Personne ne t'appelle, personne ne frappe à ta porte en ce mois d'août qui a emporté tes amis loin de Paris. Hier, n'en pouvant plus de ce silence, tu es sortie dans la rue et a partagé le banc public avec un vieux barbu qui ronchonnait contre l'aumône de McDonald's : immangeables la viande, les frites, tiède le Coca-Cola. Tu l'as invité à t'accompagner chez toi et lui as servi un vrai repas. Repu, la bouche nettoyée du revers de la manche, il t'a remerciée, la main sur le cœur, obligé de rentrer aux halles avant qu'un SDF ne s'empare de sa couchette en carton.

Tout était harmonie et symétrie dans la résidence sur les hauteurs de la ville, rien n'était
laissé au hasard. Les massifs de fleurs réunis
par ordre de couleurs, les arbres par ordre de
hauteur, les repas soumis aux mêmes horaires
et même rituel, les mains épaisses qui fouil-
laient jadis la terre du Chiapas gantées de
blanc, les Indiens frustes convertis en domestiques stylés.

Les mêmes exigences appliquées aux lieux
et à soi-même. Le maître des lieux ne badinait
pas avec l'esthétique ni avec la morale. Le mari
aimant déposait tous les matins une rose devant
la photo agrandie de sa défunte en robe longue
et bijoux assortis, comme prête à se rendre à un
bal alors que prisonnière de la maladie elle ne
sortait plus.

Les cris et appels à travers le portail fermé
s'adressaient-ils un matin à lui, faisant la sourde
oreille, il ordonna de ne pas ouvrir à la virago

qui clamait qu'elle entrerait par la force, quitte
à casser la baraque.

« On ne jette pas Marie-Josée comme une
chienne. Trois ans donnés à un ingrat, à lui
lécher le cul.

— Marie-Josée c'est qui ? »

Réponse d'Isabel :

« *Secretaria y puta.* »

La Señora hospitalisée, elle arrivait aussitôt,
envahissait les lieux, donnait des ordres, dres-
sait les menus, vérifiait le montant des courses,
nous humiliait, nous traitait de paresseux et de
voleurs. La Señora qui agonisait devait se ronger
le cœur lorsqu'elle entendait sa voix s'adressant à
son mari et ses talons claquer sur le parquet de
sa chambre. Moins morte, elle l'aurait chassée à
coups de pied. Comment crier sa désapprobation
alors qu'elle était devenue muette. Aveugle aussi,
incapable d'ouvrir un œil ou de bouger un cil.

Le soleil d'août sur le crâne de l'amante aban-
donnée ayant épuisé son énergie, ses menaces et
ses cris de rage finirent par s'estomper puis se
taire. Enfermé dans son bureau avec une sym-
phonie tonitruante de Chostakovitch, le maître
des lieux se sentait avili. Souillé à jamais.

Le vacarme des cymbales, les longues plaintes
des violons parlaient pour lui, pleuraient sur
lui. Humilié devant ses domestiques, honteux
d'avoir frayé avec une personne de classe infé-

rieure, selon ses critères, une métisse, il préférait se cacher, disparaître.

Version d'Isabel :

« La fille avait profité de la solitude du veuf pour le séduire. Celles qui viennent des campagnes savent tout faire, même réveiller un mort. Elles pétrissent ce que tu sais comme une pâte, *dos manos*, des deux mains, puis l'enfournent dans ce que je ne veux pas nommer... »

Les cris de Marie-Josée te renvoyaient à ceux de ta famille dans le quartier modeste de ton enfance à Beyrouth, quand ton père ligotait ton frère à même le sol pour l'enterrer vivant dans le terrain vague laissé aux orties.

Le même sang coulait du nez du frère et du grenadier adossé à la fenêtre de la cuisine ; les taches indélébiles sur le sol annonçaient la guerre civile qui allait ensanglanter le pays et pulvériser la maison et le quartier. Cent quarante miliciens tués avec le nouveau chef d'État venu faire ses adieux à ses partisans. Cent cinquante hommes et femmes écrasés sous l'immeuble mitoyen du vôtre, la charge de dynamite placée sous le seuil n'avait épargné personne.

Chostakovitch écouté en boucle, de plus en plus fort, toute la journée. Sorti de son antre à la tombée de la nuit, l'homme humilié affichait un visage ravagé, des yeux sanguinolents, le canard à l'orange dans son assiette incapable de le dérider.

« On se marie demain, lança-t-il d'un ton lugubre.

— Tu oublies que je suis déjà mariée.

— ... avec un mort, précisa-t-il

— ... un mort est une personne. Je suis donc mariée, inutile de revenir sur ce sujet. »

Silence oppressant autour de la table, rompu par la voix de l'enfant :

« La chatte d'Isabel s'est mariée aujourd'hui avec un chat de la rue. Isabel l'a vu l'enculer. C'est quoi enculer ? »

Tu étais seule à rire, ton hôte n'avait pas desserré les dents, les hurlements de la fille derrière le portail continuaient à tonner dans ses oreilles.

Tu mourais d'envie de lui crier que les larmes ne sont pas faites pour les chiens. Qu'il pleure un bon coup, et surtout qu'il t'écoute raconter plus scandaleux que ce qu'il venait de vivre.

La fille derrière le portail hurlait dans ta bouche d'enfant quand ton père s'en prenait à son fils gribouilleur de poèmes abjects, forcément abjects puisqu'ils parlaient de désirs interdits et de plaisir pris à la sauvette entre les draps lavés par les mains de sa mère, une sainte femme prête à tout moment à soulager ceux qui souffraient, puisant dans la réserve misérable de ses médicaments de quoi calmer une toux, un lumbago, une migraine, une diarrhée. Guidée par son instinct, l'ancienne infirmière non diplômée exerçait une médecine rudimentaire sur ceux qui ne recouraient au médecin qu'au tout dernier moment avant l'arrivée du curé. Une cuillère à soupe tenait lieu d'abaisse-langue, la lampe à pétrole en pleine bouche détectait l'angine blanche, l'oreille sur une poitrine ou sur la peau d'un ventre écoutait les défaillances du cœur et le vacarme des intestins malades. Aucun mal ne résistait à la mère. Lavée au savon de Marseille entre deux patients, la même aiguille qui piquait bras, jambes, fesses devient volumineuse dans tes souvenirs quand, armée de sa seringue et pour enrichir ton volume osseux, elle te poursuivait l'été à travers le village, enjambait des haies, sautait des ruisseaux et qu'elle finissait par te piquer clouée à un mur, te piquait jusqu'aux os, sourde à ta menace de ne plus l'aimer, que tu voulais sa mort alors que c'était la mort du père que tu souhaitais, de l'ogre qui voulait enterrer sous les orties le poète qui aimait les garçons.

Si triste était la maison de ton enfance quand approchait l'heure de retour du père. Aussi triste que la maison de ton hôte. Séparées par une mer, un océan et deux continents, les deux maisons se mélangent dans tes cauchemars, étendent leurs tentacules jusqu'à ton appartement parisien. Tu y attends des amis, tout est prêt pour les recevoir face à ton jardin : nappe de table amidonnée, plats savoureux, couverts étincelants, alors que c'est dans la maison de ton enfance qu'ils arrivent ; les orties qui ont énormément grandi depuis que tu as quitté le pays bloquent la porte, le grenadier a éclaboussé le seuil de son jus sanglant et rien à manger sur la nappe en toile cirée usée de la table. Mécontents de s'être dérangés pour rien, hargneux, ils te tournent le dos sans t'avoir adressé un seul regard. Le même cauchemar et les mêmes images te réveillent chaque fois. Dieu merci ce n'est qu'un rêve, tu te dis, et tu changes de côté, sûre de changer de rêve.

Bouche ouverte devant la cuillère de potage qu'il ne se résout pas à avaler, ton hôte est convaincu que tu fabules. Il ne te croit pas. La maison entourée d'orties, le père qui voulait enterrer son fils vivant sortent d'un roman de Dickens ou d'Hector Malot. Tu as tout inventé pour le distraire de sa peine, impossible qu'un physique gracieux et éthéré comme le tien puisse nourrir des pensées aussi vulgaires.

Tu es troublée par tant de candeur. Pas de place à l'imagination dans son esprit, il a tout pris au premier degré. Imaginaire pour lui la même seringue qui piquait bras, jambes, fesses de personnes de conditions différentes.

« Seulement les démunis », précises-tu à son grand soulagement.

Le voyant apaisé, tu devrais t'arrêter là sans ajouter qu'il aurait tout ignoré de ton enfance si ton généticien de mari n'avait pas la bougeotte, tout le temps à courir la planète pour étudier l'ADN de populations marginales, la crise cardiaque qui l'a terrassé dans un village des Abruzzes devait être suivie de soins et de repos, surtout pas du voyage à Macao pour détecter les causes du cancer de la gorge qui frappe le peuple chinois grand consommateur de poisson séché au soleil.

Tournée vers l'enfant, tu lui expliques que son père était un grand homme, un génie.

« Que faisons-nous là si loin de lui ?

— Papa est mort », te rappelle-t-elle comme si tu l'avais oublié.

S'essuyant la bouche avec le coin de sa serviette, votre hôte se lève, quitte la pièce, s'enferme de nouveau dans son bureau. Chostakovitch hurle à pleins cuivres, gémit à pleines cordes, Chostakovitch frère en injustice de celui devenu la cible de ton amertume.

Le mariage a lieu le lendemain à la maison alors que tu croyais avoir mis fin à ce projet. Une femme épaisse officie au milieu du salon. Tu es priée de ne pas t'y opposer pour ne pas humilier ton hôte devant ses domestiques. Cette scène n'est qu'une plaisanterie, une mascarade, un jeu te dis-tu, on ne marie pas les gens contre leur gré. Tu ne comprends rien du texte clamé par les lèvres épaisses, et ne retiens que trois mots : « séparation des biens ».

Il n'y a pas lieu de se désoler, ni de crier au traquenard. Personne ne te force à signer le document qu'on te présente. Peut-être es-tu en train de rêver. La chaleur étouffante du mois d'août, les averses interminables, les cendres rejetées par le volcan en éruption depuis une semaine te donnent des hallucinations. La femme-juge avec son dossier sous le bras est une invention de ton imagination délirante, a-t-elle vraiment dit qu'un contrat non signé est sans valeur et qu'il ne fallait pas la déranger pour rien ? Partie mécontente, malgré les billets empochés. Le rideau tombé, rien ne persiste de la scène qui vient de se dérouler. Si triste le marié, conscient de s'être enchaîné à une femme incapable d'aimer. Son cœur est une noix creuse, ses jambes ne savent plus enlacer, son ventre ne sait plus s'ouvrir. Capable de dévouement, d'empathie mais pas d'amour. Femme de devoir, elle assumera ses responsabilités, *exit* les sentiments, les mièvreries amoureuses. Servira l'homme désireux de la protéger des difficultés de la vie et surtout d'elle-même, le servira jusqu'à son dernier souffle.

Une chape écrase les lieux, la nuit tombée plus tôt que d'habitude, mais personne ne songe à allumer. Les domestiques retirés dans leur sous-sol doivent commenter l'événement. Se réjouissent-ils ou se désolent-ils pour leur Señor ? Seule l'enfant échappe à la morosité ambiante. Elle sautille dans la robe blanche qu'elle t'a empruntée et qui traîne derrière elle, la vraie mariée c'est elle. Restées seules, tu lui annonces votre retour à Paris par le prochain avion.

« Papa doit nous attendre à la maison. »

Tu invites ton hôte à vous accompagner. Tu as hâte de le présenter à ton mari, certaine qu'ils s'apprécieront.

Ta fille t'accuse de folie. Le mot est lâché alors qu'elle n'est pas au courant de ton frère poète interné sur ordre de son père dans un asile psychiatrique. Mort dans ce même asile sans avoir publié ses poèmes serrés par une ficelle, sous le matelas de sa mère qui refusait de s'en séparer, les couvait, poule protégeant ses œufs.

Un séjour long de deux ans à Paris sans trouver d'éditeur, la drogue devait le consoler. Retour par une nuit pluvieuse, dans une maison où personne ne l'attendait. Incohérent son discours sur ses poèmes retenus en otages par un hôtelier de la place Saint-Sulpice, échevelé le récit de son périple Paris-Beyrouth fait à pied. Avait-il marché sur l'eau comme le fit deux mille ans auparavant celui né à Nazareth ?

L'hôpital psychiatrique appelé par son père promit de le récupérer à l'aube.

N'osant enjamber le seuil, le voyageur épuisé passa la nuit sur le palier, yeux vissés sur les bottes paternelles qui arpentaient la salle de séjour, d'une fenêtre à l'autre, crissant dangereusement, aboyant dès qu'il s'en approchait.

L'aube venue, et le père devant se rendre à son travail, son fils s'aplatit contre le chambranle de la porte pour le laisser passer. Le père toucha le rebord de son képi comme pour l'en remercier. La rue l'ayant happé, deux mastodontes surgirent d'une ambulance garée le long du trottoir, empoignèrent le fou qui essayait de leur résister, le traînèrent sur le gravier de l'allée, firent saigner ses genoux, saigner sa bouche qui appelait son père à son secours.

Ta petite sœur le croyait parti en colonie de vacances, à la mer, qu'elle-même n'avait jamais vue. Aperçue du toit de l'immeuble, la Méditerranée pour elle était une ligne grise immobile.

« Alors ! Où en est le trésor ? »

Ton intérêt pour le trésor qui fait courir les domestiques de ton hôte qui creusent jusqu'à épuisement de leurs forces touche Isabel.

« Renvoyé à dimanche prochain. »

Un péché de travailler quand on fête la Vierge de la Guadalupe. Même les diables s'abstiennent. Le bruit des pioches et des pelles contrarie les cloches, couvre les prières, à moins de creuser à la main. Trop petites les mains des enfants, celles de son pauvre Cruz rongées par les rhumatismes et les siennes réservées aux *cacerolas*.

Isabel ne peut compter sur l'aide des deux aînés de Cruz nés de son premier mariage. Jésus et Magnolia font la cueillette du cannabis planté sur le balcon de leur mère à Guanajuato. Ils effeuillent, font sécher, vendent puis donnent l'argent à la *madre* qui surveille. Une feignante la première *esposa* de Cruz.

« *Trabajo del culo.* »

Sa fille, elle aussi, va pouvoir bosser du cul maintenant qu'elle a ses règles. Les pesos de Magnolia nécessaires pour donner à manger à ses sept frères et sœurs nés du deuxième lit. Magnolia se considère chanceuse comparée à d'autres, son beau-père lui a offert un porte-jarretelles rouge et un soutien-gorge en dentelle. Vue de loin, Magnolia ressemble à une crête de coq.

Pour quelles raisons tous ceux qui touchent de près ou de loin à ton hôte sont-ils mélancoliques ? Seule ta fille échappe à la tristesse ambiante. Assise à l'intersection de deux branches du jacaranda, elle chante *Au clair de la lune* en regardant le soleil dans le blanc des yeux. Les garçons d'Isabel répètent les paroles en les déformant. N'ont plus le droit de jouer avec elle à cause de ses baskets rutilantes. Qu'à cela ne tienne, elle se déchausse, donne une basket à chacun. L'idée qu'une seule chaussure ne peut mener loin ne l'effleure pas. Faite pour le bonheur, contrairement à toi qui sèmes ton mal-être sur tout ce qui t'environne. Tes yeux la suivent à travers les baies vitrées, la regardent se rouler sur le gazon, l'entendent demander au chat si lui aussi a perdu son papa, promet au papillon qui frétille entre ses doigts de le libérer s'il jure de ne plus faire des bêtises, embrasse votre hôte avec fougue, discute avec lui d'égal à égal alors que sept décennies les séparent. L'homme fermé et taciturne s'ouvre, rit. Elle est heureuse de l'entendre rire. La grande maison semble moins triste lorsqu'il rit.

Et ton bonheur où est-il dans tout cela ?

Les revendications de Marie-Josée à travers le portail fermé c'était hier, la dernière averse les a balayées. La haute muraille rejette tout ce qui incommode le maître des lieux.

Visage impassible de ton hôte à la table du dîner. Affable, souriant, la légion d'honneur que tu découvres, épinglée sur le revers de sa veste, il te tend le document qui témoigne de ses hauts faits au sein de la résistance française.

Hélé gare du Nord par un soldat allemand et sommé d'ouvrir sa mallette, le jeune étudiant en chimie lança sur le soldat la mallette et son contenu, une bombe artisanale concoctée par ses soins, avant de prendre la fuite. Rattrapé trois jours après, incarcéré à la prison de Dijon, il sautait le lendemain du camion qui le transportait à Paris pour être interrogé par la Gestapo et prenait le maquis jusqu'à la fin de la guerre.

Sa conclusion te laisse songeuse.

« Qualifié à tort de héros alors que je fuyais la mauvaise cuisine de l'occupant. »

La cuisine, son premier souci. Le couple parcourait la France à la découverte des tables des grands chefs, les notait sur un calepin, guide Michelin personnel. Vivant plus tard chez toi, tu faisais en sorte qu'il ne soit jamais déçu, copiant les recettes des grands cuisiniers, menu différent pour chaque repas, traité en invité non en compagnon, plats concoctés avec amour mais sans le moindre mot d'amour ; il n'en était pas demandeur. Difficulté d'exprimer ton affection. La veille de sa mort il t'avait demandé s'il te fatiguait, tu aurais dû répondre par la négative au lieu de lui recommander de se taire pour ne pas épuiser son cœur malade.

Était-il heureux chez toi ? Ne devait pas être mécontent pour y être resté si longtemps, une chambre de vingt-cinq mètres carrés contre les quatre mille mètres carrés de sa résidence outre-Atlantique et toi remplaçant la horde de domestiques prêts à satisfaire ses moindres désirs. Jamais d'épanchements de ta part ou de la sienne, deux Capricornes secs et austères, exclue la tendresse, assimilée à de la mièvrerie. Votre amour déversé sur l'enfant, sur les chattes qui avaient envahi son lit, dormirent sur son oreiller. Comment savoir s'il t'avait aimée moins ou plus que les deux chattes ? Question inutile maintenant qu'il n'est plus. À moins de considérer comme preuve d'amour le matin où tu avais deviné sa présence à travers ton sommeil. Debout sur le seuil de ta chambre, il te regardait dormir, te regardait sans faire un pas vers toi, sans essayer de te toucher. Aimée de loin, la cohabitation t'a fait perdre ton aura. La reine transformée en servante.

Vivait en étranger chez toi, en étranger dans le pays où il fit fortune, étranger dans son propre pays, la France, pour lequel il avait risqué sa vie. Étranger à ses propres sentiments.

« Je t'aimerai quand je serai mort. »

L'avait dit sur un ton badin comme on plaisante.

Plus il se refermait plus tu t'ouvrais aux autres, la maison débordait d'écrivains, un va-et-vient continuel de jeunes poètes en quête de préface ou de conseils, d'écrivains célèbres ou peu connus. Leurs lettres amicales, tendres, affectueuses et, simple marivaudage, les lettres d'amour. Peu de survivants de cette époque, les morts prestigieux étalés sur quarante ans devaient t'apprécier pour t'écrire si souvent. Des mœurs d'autre temps, pas de SMS ni d'appels téléphoniques, on communiquait par écrit, par poèmes interposés : sonnet, madrigal, stance, une semelle ajoutée à l'alexandrin qui boitait. Glissement imprévisible de l'écriture. Vous faisiez l'amour avec des mots.

Voulant t'être utile, ton compagnon, qui dépouillait ton courrier, enjambait les paroles tendres mais retenait la moindre entorse à la grammaire, un mauvais accord, une mauvaise ponctuation assimilés à un écart de conduite. Poli, courtois jusqu'à la racine des cheveux de sa tonsure, jumelle de celle de saint Antoine qui répond à tous tes appels, te rend l'aiguille perdue, le contrat égaré, la bague tombée on ne sait où.

Devait t'aimer, vu ces incessants va-et-vient entre sa maison outre-Atlantique et Paris. Ne lui avais-tu pas précisé avant de prendre l'avion que l'enfant serait heureuse de le revoir et qu'il avait sa chambre dans votre appartement.

Retrouver ta machine à écrire, manier le balai et la serpillière, frotter l'évier et la baignoire jusqu'à te mirer dans leur blancheur t'apaisent. Tu as une âme de domestique, née pour servir, être servie te culpabilise. De quel péché tu te châties ?

Le ménage terminé, tu te jettes avec gourmandise sur la page blanche, ton écriture fébrile raconte l'homme rigide qui donnait la préférence à la ponctuation pas au récit, à l'accord des verbes non à l'émotion, hermétique aux sentiments qualifiés de faiblesses, de lâchetés, avait horreur des manifestations sentimentales. Tu décris sa maison sous les grands arbres, la glycine de la muraille avec ses fleurs malades piétinées par les passants, ses oiseaux suicidaires. Le chat prêt à défoncer le portail pour respirer l'air du dehors. Tu aimes cette maison de loin, écrite avec tes mots, évoquée avec des images de ton invention mais pour rien au monde tu ne voudrais y revenir.

« Où suis-je ? »

Présence rassurante de la théière wild rose à chacun de tes retours à Paris. Ta main caressait son ventre rond, objet fétiche, elle partageait ton désarroi quand la pluie rendait opaques les vitres qui donnent sur ton jardinet.

Seule pendant des semaines puis ameutant tes amis qui écrivent et éditent, peignent et dessinent, obligés de s'extasier sur les plats compliqués préparés jusqu'à épuisement de tes forces alors qu'un bifteck et une salade auraient fait l'affaire. Déjeuners devenus rituels pour eux comme pour toi. Après leur départ, tu ramasses assiettes et verres, fais la vaisselle, laves, sèches, ranges, les mains en lambeaux, les genoux en coton, pensant sans les regretter à Cruz, Jésus et Isabel qui auraient pu t'épargner cette fatigue si tu avais aimé leur maître autant que l'écriture.

Allongée sur ton lit, la vieille chatte à tes pieds, la jeune sur ton oreiller, tu penses à ta dernière nuit dans sa maison. L'ombre du flamboyant dessinait une forme étrange sur le sol de la terrasse, une branche indiquait le portail, la rue, la ville et le reste du monde. Les lieux t'encourageaient à les quitter alors que la tristesse sur le visage de ton hôte t'accusait de désertion. Comment lui faire comprendre que tu es incapable d'écrire loin de Paris, que tu n'es heureuse que quand tu écris, que les mots t'obsèdent, te harcèlent mais t'obéissent au doigt et à l'œil, jouent avec toi alors qu'enfant tu ne jouais pas, invoquais une douleur au genou pour ne pas partager les jeux de tes camarades, boitais pour être crédible et que tu continues à boiter par habitude ; simuler devenu inhérent à ta personne. Arracher les mauvaises herbes de ton jardin pèse sur ta hanche malade et te fait claudiquer mais ne t'empêche pas de clamer que jardinage et écriture génèrent le même plaisir. Débarrasser une plante de ses feuilles flétries, élaguer les branches mortes d'un arbre demande le même effort que corriger une page et faire étinceler un texte.

L'amour de la nature te renvoie à ta première enfance dans une maison en pleine nature, loin de toute habitation dans une bourgade à dix kilomètres de la capitale. Inconsciente des dangers, ta mère te laissait courir les champs sans s'inquiéter. Ton retour un soir à la tombée de la nuit, tes yeux gonflés de larmes, ta robe déchirée, avait suscité sa colère. Tu répétais pardon pour la robe déchirée, gardant pour toi l'homme à la jambe de bois surgi d'un sillon, son chien lancé sur toi pour te punir d'avoir volé trois marguerites et trois coquelicots, qu'il t'avait mise à genoux dans la boue pendant une heure, à répéter le mot pardon que tu prononçais pour la première fois de ta vie, reprononcé devant ta mère. Pardon pour le chien qui lacérait ta robe et ton dos, léchait ses babines et ton visage en larmes, comme pour le ramollir et mieux le dévorer. Pardon à la jambe de bois amputée au cours des combats qui opposèrent, dans un Liban sous mandat français, vichystes et gaullistes. Pardon dix ans plus tard à ton frère d'avoir fait la sourde oreille à ses appels lorsque les deux mastodontes le traînèrent vers l'ambulance garée le long du trottoir qui allait l'emporter à l'hôpital psychiatrique où il passa le reste de sa vie. Pardon aussi d'avoir écrit ton premier poème sur le cahier de brouillon de ce frère, avec son stylo, au dos des siens, jamais publiés alors que tu as essaimé des milliers de poèmes dans une trentaine de livres et ramassé tous les prix. Pardon de continuer à écrire, prenant pour personnages tes proches que tu désacralises, les hommes qui t'ont aimée et que tu n'as pas su aimer, ceux que tu as épousés, servis scrupuleusement sans jamais t'être souciée de leurs états d'âme ; les personnages de tes romans occupant ta pensée. Pardon pour tout ce que tu as fait ou omis de faire, d'avoir délégué au responsable de la morgue le soin de laver le cadavre de ton jeune mari et de l'avoir remercié de l'avoir maquillé et d'avoir teint ses cheveux en noir corbeau alors que tu aimais les cernes autour de ses yeux, la fossette de son menton, ses cheveux poivre et sel et son air penaud comme s'il s'excusait d'être mort. Pardon pour tous les bébés que tu as refusé de mettre au monde après tes trois enfants nés en trois ans de mariage. Coupable d'avoir eu recours à une faiseuse d'anges, déclenché la colère de celui qui t'engrossait dès qu'il tombait ses pantoufles au pied du lit. Tu n'as pas cessé de demander pardon depuis que l'homme à la jambe de bois t'a agenouillée dans le sillon boueux pour te livrer à la rage de son chien, puis relâchée après que tu lui as embrassé la main comme à un évêque alors qu'il n'était pas évêque, même pas curé mais l'oublié aigri d'une armée vaincue, content d'humilier une enfant pour oublier que la France l'avait humilié en quittant le pays, lui laissant une prothèse en bois prix de son dévouement.

Cette manie de relier des événements qui n'ont aucun lien entre eux, sautant du coq à l'âne, de couper court à un fait pour passer à un autre, d'enjamber quatre décennies au risque de perdre de vue ton récit, faisant fi de l'absence de tout lien entre l'ancien soldat à la jambe de bois et l'homme secret qui a partagé ta vie après le décès de ton mari. Faut-il chercher des raisons dans la déraison et l'incohérence ? Quand cesseras-tu de mêler passé et présent, de sortir des lapins de ton chapeau ? N'est pas magicien qui veut. Dit le proverbe. Impudique, inconsolable. Les lieux ne sont pas des chiens. Impossible d'attacher les lieux par une laisse pour retrouver les êtres qui les ont arpentés.

Le portail de la maison bâtie sur les hauteurs de la ville refermé derrière toi, tu avais regardé la façade vitrée où tant d'oiseaux s'étaient fracassé le crâne et pensé qu'elle aurait pu te consoler de la perte de ton mari, le désir de détruire n'était pas le plus fort en toi.

Une question : les mots que tu écris en ce moment correspondent-ils au sens de ce que tu ressentais à l'époque ? Comment le savoir alors que tu n'arrives pas à analyser tes sentiments les plus récents, et ta panique lorsque tu t'es retrouvée, le soir qui suivit l'incinération, seule à la table de ta cuisine. Seule malgré la présence des deux chattes qui reniflaient le matelas à la recherche du mort devenu un tas de poussière. Le pain que tu peinais à avaler avait un goût de cendre. La ligne horizontale tracée par le contenu de l'urne entre un eucalyptus et un sapin avait déménagé dans la soupe. Parallèle à celle d'autres incinérés, cette ligne t'a suivie de rue en rue : Ménilmontant, Roquette, Bastille, Saint-Antoine, Rivoli, Concorde, Président-Wilson où mourut ton mari, puis Iéna, Trocadéro, Henri-Martin, Raphaël. Rejetée ta demande de récupérer ses cendres pour les enterrer dans ton jardin à côté des chats qu'il n'a pas connus. Celles qu'il a aimées le pleurent alors que tes yeux sont secs. Tu ne sais plus pleurer, le jeune mort a épuisé ta provision de larmes. Devenues pierres, cailloux, tu les lancerais sur ce dieu qui s'acharne à faire le vide autour de toi, expulse tout ce qui habite sous ton toit avec le professionnalisme d'un balayeur de rues.

Dotée de pattes énergiques, la petite chatte a quitté ce matin la maison du mort, ne s'approche plus de la porte qui donne sur le jardin de peur que tu ne l'attrapes, préfère mourir de faim que de partager ton quotidien, fuit l'odeur macabre qu'elle est seule à sentir alors que la vieille semble clouée au canapé du salon. Prostrée le jour, elle hurle la nuit, voix sinistre qui te réveille en sursaut. « Tais-toi Salomé », c'est tout ce que tu arrives à dire et Salomé se tait pendant quelques minutes avant de reprendre sa plainte. Deuil animal qui ne sait s'exprimer que par ce cri et par des saignements des gencives diagnostiqués sans ménagements par le vétérinaire : cancer de la bouche, n'a plus que quelques semaines à vivre. Mieux vaut écourter, la piquer. Ennemie de l'euthanasie, tu la ramènes chez toi, lui fais faire des injections de cortisone, l'aides à ouvrir son museau scellé par la douleur, lui fais ingurgiter la nourriture à la cuillère. Pas question que la mort pénètre de nouveau chez toi. Allongée sur ta poitrine la nuit, lovée derrière ton ordinaire le jour, les semaines ont succédé aux semaines, elle est toujours là. Sa grosse patte noire se tend vers ta joue quand elle te sent triste, sa patte referme ton ordinateur quand tu oublies l'heure de ses repas.

La nuit venue tu fais le tour des jardins des propriétés voisines à la recherche de la petite fugueuse. Retrouvée dans un fourré en compagnie d'un chat borgne, elle refuse de te suivre. L'assiette posée au pied de l'arbre, vide peu de minutes après. Que d'assiettes éparpillées dans la nature : pâtés, croquettes, thon, jambon et pas une miette qui traîne.

« Salomé morte, la petite chatte te reviendra. » Ma voisine de palier, une ancienne avocate au cœur grand comme le monde, croit te consoler, ignorant ta décision de chasser la mort à coups de pied si elle ose s'aventurer de nouveau sous ton toit. L'homme qui ne savait pas exprimer ses sentiments a inspiré des passions à tes minets. Le cancer de l'une, la fuite de l'autre dus à sa disparition. Il leur manque. Poussée par la faim et le froid, la fugueuse fut stupéfaite hier de voir son lit occupé. Ta petite-fille de passage à Paris se laissa humer de la tête aux pieds sans bouger, respirant juste ce qu'il fallait pour ne pas étouffer. Ses investigations ayant pris fin, la chatte en deuil de son vieil ami reprit son errance dans le quartier après avoir craché sur la dormeuse.

La chambre au bout du couloir, lieu de douleurs, c'est dans ce lit et entre tes mains que l'homme a rendu son dernier souffle. Tu as vu son visage passer du rouge au cramoisi, sa bouche ouverte sur un râle crachait du sang sur ta main droite qui le soutenait, la gauche accrochée au téléphone suppliant le service des urgences d'arriver. Même couleur de sang pour l'homme que pour la chatte, même regard éteint et même hoquet final.

Salomé a tenu bon jusqu'à ce matin. Tu étouffes tes sanglots dans la belle fourrure noire où ton visage cherche refuge, pleures sans retenue l'animal autant que l'homme. Tes mains qui ont vieilli incapables de creuser une tombe de plus dans ton jardin, Salomé n'ira pas sous ta pelouse comme la blanche Lulu enfouie au pied du seringa. Tu avais creusé la nuit, à la lumière du réverbère de la rue. La dernière pelletée jetée, le trou bouché, ta main souillée de boue avait essuyé larmes et morve.

Que cette maison est triste depuis qu'on y meurt ; l'homme et l'animal suivis de l'ordinateur. Ton PC mort à sa manière, pris dans un grand tourbillon dès que tu éternues, efface la page dès que tu tousses. Tu lui parles, tu le supplies de redevenir raisonnable, lui expliques calmement que tu n'as rien contre lui :

« Condamnés à vivre ensemble, unissons nos efforts. Intelligent comme tu es, essaie d'être moins agité, moins compliqué pour la crétine que je suis. »

Mais il fait la sourde oreille. Un marteau, une hache à portée de ta main, tu le pulvériserais, un pistolet tu lui ferais un trou béant au front entre A et P avant de refermer le couvercle pour ne plus entendre le grésillement de son agonie.

Un ami compatissant te conseille de faire appel à un exorciste qui œuvre du côté de Clichy. L'homme chassera les mauvaises ondes de la maison.

Corps massif, vêtu de noir comme un clergyman, il asperge les meubles, les murs, ta personne d'une eau de sa fabrication, marmonne des prières.

Sa voix houleuse va-t-elle ramener à la vie ton jeune mari, ton vieux compagnon, ta vieille chatte et ton vieil ordinateur ?

Réponse péremptoire :

« Ce que vous appelez mort est absence, rien de plus qu'une absence. »

Te voilà renseignée et lui riche de tes cent cinquante euros.

« Écris, te conseille un ami, raconte-toi, dit ton éditrice, et garde ton argent pour toi. »

L'écriture n'a jamais ramené un mort à la vie, te crie l'amie qui te voit penchée des journées entières sur ton ordinateur. Ton compagnon vivant, tu ne te rendais pas compte de son impact sur ta vie. Secret, cadenassé sur lui-même et dans sa chambre, il regardait la télévision sans essayer de comprendre ce qui s'y disait. Tu n'as jamais essayé de forcer son silence, d'échanger avec lui.

Faut-il que les êtres soient habillés de terre pour que tu te rendes compte de leur existence : les morts arrivent dès que tu les invites sur ta page, font trois tours puis s'en vont sans le moindre mot consolateur, sans lire le paragraphe qui les concerne, et la page se désole quand l'écriture reste impuissante à asseoir le mort à table pour une discussion franche afin de savoir qui avait tort et qui avait raison.

Dîneurs invisibles écartelés entre deux lieux, les morts n'exigent rien, ne reviennent pas sur le passé, ne mangent pas le pain des vivants. Mâchent et remâchent un silence terreux, ne sont nullement gourmets, se contentent des mêmes ténèbres, gardent la même position, sans le moindre désir de se retourner ou de changer de côté. Les allonger sur une page, les raconter avec les vingt-six lettres de l'alphabet ne les rend pas plus conviviaux, ni ne leur fait ingurgiter le potage préparé par les vivants.

Les morts n'ont que faire des potages et de l'écriture.

De retour de l'enterrement de ton jeune mari et assommée par les tranquillisants, tu avais rêvé de lui alors que tu venais de le quitter au cimetière du Montparnasse. L'air malicieux, il sortait des rouleaux de papier de ses poches et te demandait d'en choisir un, les yeux fermés. Comment choisir alors qu'il s'agissait du même dessin en noir et blanc d'escaliers qui s'entre-croisent, se séparent avant de se réunir sur le même palier, porte ouverte sur le vide. Sa main balayant l'air par-dessus son épaule était-ce une réponse ?

Qu'est-ce qu'on peut être fatigué quand on est mort, avais-tu pensé pour lui.

Tu passais tes journées à noircir des pages, puis à les transporter sur ta machine à écrire, sûre que les mots chasseraient l'odeur du deuil. Tu as récidivé après l'incinération de ton deuxième mort mais sur ordinateur cette fois. Tu écris comme on crie pour appeler à ton secours, transformer les morts en vivants, retrouver des lieux perdus. Jamais de plan, tes personnages te dictent les mots qu'il faut. Tu écris comme tu jardines, la terre creusée en profondeur comme pour mieux t'ancrer dans le sol français, écris pour liquider un contentieux avec toi-même et ton passé. Tu as rarement recours à l'imagination, ta vie dépasse toute fiction.

De retour après dix ans d'absence dans ton pays déchiré par la guerre, tu voulais vérifier si tes souvenirs collaient aux lieux. Tu n'avais rien retrouvé. L'exil, tombeau pour les uns, porte ouverte pour d'autres. Raconter des personnes évanouies dans une langue qui n'était pas la leur revenait à les trahir, à en faire des marionnettes. Les mots doivent coller aux lieux. Peu authentiques, les livres écrits de loin finissent par disserter sur la machinerie de l'écriture. Cent fois tu as essayé de raconter les malheurs de tes compatriotes, cent fois la tentative a tourné court. Les vrais romanciers se mettent dans la peau de tous leurs personnages alors que tu n'es à l'aise que dans la tienne. Un texte, un poème terminés, tu te retrouves désarmée face au réel, tout te fait peur. Difficile d'affronter le quotidien une fois quitté le monde de l'innocence. En poésie même les méchants cessent de l'être, se déguisent en méchants pour mettre en valeur les gentils, pour les faire étinceler.

Les jours se mélangent aux nuits depuis que tu es seule. Fâchée avec le sommeil, tu pousses des meubles, sûre de changer de destin en changeant leur ordre, reviens à ton retour à Paris après ton séjour dans la maison sur les hauteurs de la ville aztèque.

Ton mari dans son cadre en argent avait un air tristounet. Sa photo avait terni. Le printemps de l'autre côté de l'Atlantique, la neige à Paris. Vingt degrés au-dessous de zéro certains soirs. Les canalisations de la cuisine avaient explosé, l'eau saumâtre épongée sur le sol était les larmes du mort trahi, t'étais-tu dit avec ta manie de tout dramatiser. La place d'Iéna face à ton appartement ressemblait à la Berezina. Les rares automobilistes qui l'empruntaient ne s'arrêtaient pas à ta vue gesticulant dans le froid, un câble à la main pour faire redémarrer ta vieille Fiat bonne pour la casse. Enfin dépannée, tu partais vers cette banlieue qui aligne côte à côte usines et cliniques privées. Les laboratoires de ton mari continuaient à fonctionner, tu en étais la gérante, ta présence nécessaire pour signer des chèques. Des sommes astronomiques passaient sous ton regard alors que tu n'étais pas payée. Se serrer la ceinture jusqu'au jour où les laboratoires trouveront preneur, te disait-on, tandis que les lois drastiques sur les laboratoires privés décourageaient les acquéreurs. Les résultats des analyses que tu retapais pour te sentir utile grignotaient ton imagination. De retour le soir chez toi, tu t'obligeais à écrire un poème pour te sauver. Tu faisais confiance à ton imagination fantasque pour fuir le quotidien, détournais les mots de leur fonction comme te l'avait appris ton frère poète et comme ta mère ennemie du gaspillage le faisait des objets usés : le vieux rideau devenant drap, la chaise cassée tabouret, la théière au bec brisé vase pour les fleurs, le drap usé torchons de cuisine.

Enfants d'une famille nombreuse, vous étiez quatre à dormir dans la même chambre. Ton frère te chuchotait ses poèmes dans l'obscurité ; la poésie interdite par le père militaire, moine dans sa première jeunesse et qui avait rompu ses vœux suite à sa rencontre avec votre mère.

Chassé de la maison pour avoir écrit un poème érotique, le poète en herbe tournait autour des murs, grattait les volets comme un chat, suppliait qu'on lui ouvre.

La fillette que tu étais criait sa haine à son père à travers les barreaux de la fenêtre. Criait de l'extérieur où elle avait rejoint son frère, sûre de ne plus remettre les pieds à l'intérieur.

À qui crier ta rage maintenant que père, mère, frère, mari et compagnon ont disparu, enterrés dans des tombes différentes. Ton jeune mari dans la concession d'amis qui ne voudront pas de toi, ta mère dans son village, ton père dans le cimetière d'un monastère maronite, retour *ad mortem* à la vie monacale pour le défroqué qu'il était, et dans la fosse commune de l'asile psychiatrique le poète jamais publié.

L'aube qui pointe derrière les vitres te trouve attablée devant les pages couvertes de ton écriture échevelée. Noircir le passé, le démolir avec la rage d'un marteau piqueur cassant le bitume, devenu ta thérapie, ton arme contre la peur qui t'assaille dans l'appartement soudain vide. Rares les appels téléphoniques, le deuil éloigne les amis. Un poète te demande si tu continues à écrire des poèmes, un romancier te conseille d'écrire un vrai roman avec de vrais personnages, les mots alignés sur tes pages ne sont pas des personnages, les répliques dans leur bouche ne sont que reproches, griefs, accusations, blâmes, cris de rage, imprécations. Car tout est littéraire dans ta vie. Tu acceptes volontiers une épreuve à condition que tu puisses la transcrire.

Tu ferais mieux de raconter les réunions de

tes amis poètes autour de ta table, tes chattes qui reniflaient le contenu des assiettes, léchaient la sauce sous le nez des distraits, posaient leur postérieur sur les ouvrages sélectionnés, la déception d'Alain Bosquet quand le lauréat n'était pas son préféré et son flair incomparable pour détecter le traître qui n'avait pas suivi ses directives, le désarroi du poète Guillevic qui ne savait plus où il habitait et qu'il fallait raccompagner chez lui, la tristesse du poète centenaire qui regrettait que la vie fût si courte, la femme de Jean Rousselot atteinte d'Alzheimer qui prenait son mari pour Max Jacob lorsqu'il lui rendait visite dans la maison de repos où elle était internée, Claude Esteban détruit par la mort de sa femme tuée par un caillou sur sa tempe lors de sa chute de bicyclette à l'île de Ré, Jean-Claude Renard fervent chrétien, tiraillé par le doute les mois qui précédèrent sa mort, ne croyait plus en un Dieu qu'il était sur le point d'affronter et le charmeur René de Obaldia qui t'a écrit une lettre volontairement bourrée de fautes d'orthographe, en français boiteux, le lendemain de son élection à l'Académie française. Et comment résister à la tentation de raconter le vieux peintre surréaliste qui déclarait être le seul capable de te guérir de ton deuil cosmique. Poser pour lui était une faveur. Trois heures sans bouger, à moitié nue dans un atelier non chauffé et un portrait des plus inattendus :

« Le renard assis sur un trône c'est moi, clamat-il après avoir posé ses pinceaux, et toi la poule sur ma tête. »

Accrochés au mur de ta chambre, la poule et le renard n'ont pas fini de susciter ton incompréhension.

Entourée d'hommes mais si seule, en manque d'amour mais tu ne cessais de le rejeter. Tu as du mal à imaginer un homme entre tes murs, dans ton lit. Tu te veux veuve à vie. Pourquoi alors ce désarroi chaque fois qu'un homme meurt ou te quitte alors qu'un homme n'est pas un toit qui protège des intempéries, n'est pas une porte qui protège des cambrioleurs, n'est pas un mur où s'adosser ? Un homme n'est qu'un homme.

Pourquoi cette tristesse soudaine après le départ des poètes réunis autour de ta table ? Ton exaltation tombe d'un coup, tu traînes les pieds pour ramasser assiettes, verres et couverts, tu vieillis en quelques minutes, la chambre au bout du couloir, celle qui garde le dernier souffle du mort t'oppresse de nouveau, la tache de sang lavée et relavée aux détergents crie de nouveau rouge sur la moquette blanche. L'oiseau égaré dans cette chambre et qui bute contre les murs est son âme nostalgique des lieux.

Ton état dépressif remonte à ton enfance, dit ton amie psy, tes morts ne sont qu'accidents inéluctables de parcours, évite les sujets qui fâchent et répète à l'envi : « Je suis chanceuse. »

Obéissante, te voilà balbutiant puis clamant :

« Je suis chanceuse d'être en vie, de manger à ma faim et d'avoir un toit au-dessus de ma tête.

« Chanceuse de bénéficier d'une fenêtre qui s'ouvre sur un marronnier.

« Chanceuse que mon rosier résiste aux limaces et que la théière wild rose survive au reste du service de porcelaine.

« Chanceuse d'avoir su réparer le joint du robinet de la cuisine sans frais de plombier et d'avoir ajouté une cale à ma table de travail qui boitait sans faire appel au menuisier. »

Mélopée dite debout, oscillant d'une jambe à l'autre comme une pendule ou un poussah, « je suis chanceuse » perd chaque fois un peu de son sens, se vide de son contenu, devient : « Où étiez-vous les morts pendant que les poètes s'extasiaient sur la cuisson des coquelets au citron vert ? Et n'avez-vous pas trouvé grotesques mes tentatives de plaire à mes invités alors que je ne possède plus aucun des atouts de la séduction ? »

Chanceuse d'avoir l'énergie suffisante pour faire ton ménage sans avoir recours à une aide extérieure, de passer des journées entières penchée sur ton ordinateur sans accuser la moindre fatigue, sans voir filer les heures. Celui devenu poussière sur le jardin des souvenirs du Père-Lachaise ne comprenait pas ta rage de nettoyer et d'écrire. Il désapprouvait les longues heures devant ton ordinateur, ta satisfaction face à la vaisselle rutilante, au parquet qui brille comme un miroir, aux draps bien alignés dans les placards. Ce qu'il considérait comme tâches avilissantes ne l'était pas pour toi : tu les accomplissais sans états d'âme pour mieux ressembler à ta mère qui ne pouvait payer les services d'un homme de peine qui aurait arraché les orties croissant face à sa porte, devenues forêt avec les années et qu'elle se promettait de déraciner tous les soirs alors que le temps lui manquait. Quatre enfants accrochés à ses hanches et un sol cracheur infatigable de poussières grises comme ses cheveux prématurément blanchis. Impensable le recours à une teinture alors que tu teins tes cheveux en roux ; en rouge flamboyant, référence inconsciente au grenadier adossé au mur de la cuisine de ton enfance et dont les fruits trop mûrs éclaboussaient les lieux de leur jus ?

Même fatigue et même boulot pour élaguer le laurier de ton jardin que pour débarrasser un texte de ses lourdeurs, branches et phrases ciselées avec le même soin que le bois des cercueils fabriqués jadis par ton oncle menuisier dans ce village au nord de tous les nords. Faire le ménage de ton petit appartement te donne l'impression de nettoyer la planète, ramoner ses volcans, draguer le sable de ses fleuves, reconstruire ses digues écroulées. Arracher les mauvaises herbes de ton jardinet et labourer un champ relèvent du même exercice. Ton sécateur rangé, tu pries le dieu des limaces de protéger ton rosier de ses adeptes.

Femme de devoir, tu accomplissais les mêmes besognes que les domestiques indiens de ton compagnon mais ponctuées de plaintes.

« Il laisse tomber ses habits sur le sol, les enjambe au lieu de les accrocher.

— Désir de faire table rase du passé », t'expliquait ton amie psy.

« Entre dans le lit avec ses pantoufles, retrouvées le matin entortillées dans les draps.

— Pour fuir plus vite en cas d'incendie.

— Sa télé allumée jour et nuit en muet, seuls les westerns avec cavalcades et coups de feu bénéficient du son.

— Refus de frayer avec des personnages qui ne lui sont pas sympathiques alors que la violence des cavalcades et des coups de feu fait écho à sa propre violence, intérieure, jamais exprimée », persistait et signait psy-Elizabeth.

Râles des mourants et hurlements des blessés traversaient la mince cloison qui séparait vos chambres, te réveillaient en sueur. Alors qu'il dormait paisible, ses lunettes vissées sur son nez. Tu les lui retirais, éteignais la télé, le recouvrais. Gestes affectueux clandestins, prohibés au grand jour.

De retour dans ta chambre, il rallumait sa télé. Désirait-il une nouvelle intervention de ta part, ta main retirant ses lunettes, tes mains le recouvrant ?

Où fallait-il chercher la raison de son isolement ? Pourquoi avait-il mis un verrou sur ses ambitions, laissé ses affaires péricliter année après année sans demander des comptes à celui qui les gérait. Une fillette et deux chattes suffisaient-elles à son bonheur et avait-il pris ses distances avec le monde des affaires et la société parce que les deux ne lui avaient pas donné la place qui lui convenait ?

Demandeur de drames, l'homme pétri de douceur exultait à l'annonce d'une catastrophe à l'échelle mondiale. Les tremblements de terre, tsunamis, massacres interethniques donnaient-ils un sens à sa vie ? Se délecter des détails terribles ne l'empêchait pas d'envoyer un chèque d'aide aux victimes et de prier pour le repos de leur âme à l'église de la paroisse où il se rendait tous les matins, s'y rendait même quand ses jambes ne le portaient plus. Tombé à trois reprises dans la rue et évacué vers un hôpital, tu le retrouvais aux urgences, le ramenais à la maison, l'accompagnais le lendemain à son église, notais le signe de croix rapide, les poings qui martelaient la poitrine avec ferveur et la même supplique adressée à la Vierge : retrouver sa femme un jour.

Le seuil de l'église enjambé, il te confiait comme si tu ne le savais pas qu'elle lui manquait.

« Elle veille sur toi.

— Comment veux-tu qu'elle veille sur moi alors qu'elle ne connaît pas ton adresse. »

Tu suggérais un court séjour dans la maison où elle a laissé ses marques, évoquais le jacaranda et le flamboyant qui devaient être en fleurs, les massifs de magnolia et de camélia arrosés soir et matin par Cruz, les vitres de la piscine nettoyées par Jésus, Isabel qui changeait chaque matin la rose devant l'urne funéraire. *In fine*, tu le poussais à avoir une discussion franche avec le gérant de sa société. La lui vendre s'il était preneur, les bilans toujours à la baisse nécessitaient une décision rapide.

« Mais qui va garder les chattes quand tu vas t'absenter ? »

Les dates de tes prochains déplacements notées dans son carnet exigeaient sa présence à la maison ; son carnet mieux tenu que ton propre agenda.

Vivait ta vie, captait les miettes de tes conversations téléphoniques, se désolait pour ton amie Laure qui divorçait, pour Pierre qui finira sous une rame de métro, pour sa femme sujette à des crises de folie.

Chaque nom invoqué était suivi de la question : « Est-il homo ou hétéro ? » Suivie de la même conclusion : sa cuisinière serait moins étonnée d'apprendre qu'il était devenu homo que père de deux chattes.

Ceux qui l'étaient riaient jaune, tu étais la seule à rougir.

Étranger chez les Aztèques, étranger dans son propre pays, il n'avait pas les codes complexes du milieu littéraire parisien, pataugeait, ne faisait pas la différence entre ce qui se disait ou ne se disait pas.

Gaffeur candide. Protecteur maladroit, inquiet de te laisser seule avec tes minets lors de son voyage, il t'avait offert toute une panoplie de couteaux, cinquante pièces dignes d'une salle de torture pour pourfendre l'assassin qui profiterait de son absence pour te trucider, et scalper les deux chattes.

Moins réservée, tu l'aurais serré sur ton cœur et rassuré sur le sort des chattes. Plus affectueuse, tu lui aurais dit que les chattes sauraient attendre son retour puisqu'il reviendra, ne faisait-il pas partie de ta famille ?

Un saint homme malgré ses idées simplistes, frère jumeau de saint François d'Assise, cousin germain de saint Antoine de Padoue, même allure, même tonsure que les deux. Tu lui offriras une chasuble et une ceinture en cordelette pour son prochain anniversaire.

Les costumes séparés par des feuilles de soie, les chaussures en peau de crocodile, de python ou de héron enfermées dans leurs pochettes et la valise cadenassée, il prenait l'avion décidé à tout liquider outre-Atlantique, ta fille, les chattes, toi étant sa vraie vie.

Retour au bout de trois jours, les bras chargés de cadeaux. Bracelets en argent pour ta fille, colliers constellés de strass pour les chattes, un sachet de safran pour toi, un cadeau d'Isabel enceinte de jumeaux et qui accouchera en décembre alors que Cruz souffrait d'arthrose au genou et que Jésus avait emménagé avec une Indienne chichimèque, donc de classe inférieure, mais du moment qu'il était heureux.

« Ils embrassent la main de la nouvelle Señora et la remercient de s'occuper de leur Señor.

— Et ton gérant ? »

Avait manqué de temps pour le rencontrer et décider du sort de la société.

Rendre visite à ses anciens domestiques éparpillés dans la ville avait occupé ses journées. Inutile la discussion avec son gérant d'après le chaman consulté par Isabel.

« Inutile de brusquer le destin, les choses arriveront en leur temps, guidées par la volonté de celui qui dirige par la pensée, à distance, sans faire le moindre effort. Il suffit de se concentrer. »

Irréfutables les arguments du chaman pour Isabel qui t'avait longuement parlé de ses pouvoirs surnaturels tout en plumant la pintade sur le seuil de la cuisine. Sans chaman, Cruz, Jésus, elle-même et les enfants auraient continué à creuser la montagne jusqu'au dernier jour de leur vie alors qu'il suffisait qu'ils concentrent leurs pensées sur ce même trésor pour qu'il arrive de lui-même chez eux sans le moindre effort.

« Un grand chaman, le plus grand de tous, avait-elle précisé avec des moulinets de son grand couteau, l'égal d'un grand *médico*, recolle les os cassés, remplace les organes usés par des organes flambant neufs, sans couper, sans anesthésier, à distance et par la pensée. Généreux, désintéressé, cède gratos une partie de sa lumière et de son savoir à qui en a besoin. » Ne lui avait-il pas prédit que son fils Aron, le cancre de sa classe, récolterait des kilomètres de diplômes sans mettre les pieds à l'école, sans se crever les yeux sur les livres, à condition qu'il pense aux diplômes. Le chaman profitait du sommeil d'Aron pour lui inculquer le savoir.

« Qu'est devenu Aron ? »

Embarrassé par ta question, il dit ne pas savoir au juste, bien que les mauvaises langues l'associent à un groupe de narcotrafiquants colombiens.

Rien que des rumeurs, tint à préciser celui qui refusait de voir le mal.

Comment lui reprocher sa crédulité alors que tu es pétrie de croyances archaïques et de superstitions. Son chaman équivaut à ta théière wild rose qui t'interdit d'oublier ton jeune mort tant qu'elle trône sur l'étagère. La seule survivante de votre cadeau de mariage, tout le reste, assiettes, plats, tasses, cassés depuis des années. Son chaman, frère de ton ami mage qui a traqué pendant des années les déplacements dans l'au-delà du défunt aimé, l'a suivi à la trace, survolant les volcans de Terre-Neuve, les terres gelées de l'Antarctique avant d'atterrir sur le Bosphore.

Bracelets en argent pour l'enfant devenue mère de trois beaux enfants, colliers constellés de strass pour les chattes et pour toi ce sachet de safran avec le mode d'emploi d'Isabel : éparpillée pardessus ton épaule, la poudre jaune avait pour mission de détourner les mauvaises intentions nuisibles pour ton foie et tes humeurs.

Nullement mécontent de son périple, il reprit

sa place dans sa chambre, face à son téléviseur, retrouva les personnages de son feuilleton, ses seuls amis, sa seule fréquentation.

L'homme tiré à quatre épingles que tu avais connu n'avait plus rien à voir avec celui qui vivait sous ton toit. Les chemises en soie remplacées par de gros chandails, les chaussures en croco ou en python par des mocassins confortables. Allure de vieux retraité quand il revenait du marché courbé sous le poids des fruits achetés chez l'épicier arabe à côté de l'église. Cinq fruits différents par repas recommandés par la télé, alignés par ordre de taille.

Un Français moyen, sa voiture devenue la cible de la fourrière, il se déplaçait à pied, *exit* le métro depuis que des jeunes l'avaient bousculé, arraché son portefeuille, piétiné ses lunettes qu'il essayait de récupérer.

Mort, il quittait le monde avec modestie, bâclée en dix minutes la crémation au Père-Lachaise. Aurait mieux fait de mourir dans son monde favorable aux riches, avec des obsèques à la hauteur de son ancienne fortune, son cercueil noyé sous les fleurs de son jardin et suivi de ses domestiques, non d'une seule personne. Toi pour tout cortège.

De retour chez toi avec le cageot de fruits acheté avenue Parmentier, tu avais vérifié, comme tu le fais après chaque absence, si la théière wild rose était toujours à sa place, ta nostalgie du jeune mort devant prendre fin le jour où elle se briserait. Les abricots achetés sur le chemin de retour ayant cuit avec leur égale quantité de sucre, tu as décrit les rues vides à cette heure matinale, la voix du vieux curé marmonnant une prière couverte par le vacarme du feu de l'incinérateur, puis l'employé du funérarium déversant les cendres sur le jardin du souvenir, en ligne droite pour éviter que deux morts se croisent, se mélangent, car condamnés à être seuls, irrémédiablement seuls. Aussi seuls que toi ce matin, veuve une fois de plus, une fois de trop. C'est dans ta nature de perdre les hommes qui t'aiment, dans ta nature d'écrire ce que tu vis, le vécu ne prend sens qu'une fois écrit noir sur blanc ou serré, braise dans ta main, la brûlure confirme que tu es encore en vie.

DU MÊME AUTEUR

Au Mercure de France

QUELLE EST LA NUIT PARMI LES NUITS, 2004.

SEPT PIERRES POUR LA FEMME ADULTÈRE, 2007 (Folio n° 4832).

LES OBSCURCIS, 2008.

LA FILLE QUI MARCHAIT DANS LE DÉSERT, 2010.

OÙ VONT LES ARBRES ?, 2011. Goncourt de la poésie 2011.

LE FACTEUR DES ABRUZZES, 2012 (Folio n° 5602).

LA FIANCÉE ÉTAIT À DOS D'ÂNE, 2013 (Folio n° 5800). Prix Renaudot poche Essai 2015.

LE LIVRE DES SUPPLIQUES, 2015.

LA FEMME QUI NE SAVAIT PAS GARDER LES HOMMES, 2015.

LES MOTS ÉTAIENT DES LOUPS, 2016.

LES DERNIERS JOURS DE MANDELSTAM, 2016.

Aux Éditions Actes Sud

LA MAESTRA, 1996.

ANTHOLOGIE PERSONNELLE, 1997. Prix Jules Supervielle.

LE MOINE, L'OTTOMAN ET LA FEMME DU GRAND ARGENTIER, 2003. Prix Baie des Anges.

LA MAISON AUX ORTIES, 2006.

Chez d'autres éditeurs

TERRES STAGNANTES, *Seghers*, 1968.

DIALOGUE À PROPOS D'UN CHRIST OU D'UN ACRO-BATE, *E.F.R.*, 1975.

AU SUD DU SILENCE, *Saint-Germain-des-Prés*, 1975.

ALMA, COUSUE MAIN OU LE VOYAGE IMMOBILE, *Régine Deforges*, 1977.

LES INADAPTÉS, *Le Rocher*, 1977.

LES OMBRES ET LEURS CRIS, *Belfond*, 1979. Prix Apollinaire.

LE FILS EMPAILLÉ, *Belfond*, 1980.

QUI PARLE AU NOM DU JASMIN, *E.F.R.*, 1980.

UN FAUX PAS DU SOLEIL, *Belfond*, 1982. Prix Mallarmé.

VACARME POUR UNE LUNE MORTE, *Flammarion*, 1983.

LES MORTS N'ONT PAS D'OMBRE, *Flammarion*, 1984.

MORTEMAISON, *Flammarion*, 1986.

MONOLOGUE DU MORT, *Belfond*, 1986.

LEÇON D'ARITHMÉTIQUE AU GRILLON, *Milan*, 1987.

BAYARMINE, *Flammarion*, 1988.

LES FUGUES D'OLYMPIA, *Régine Deforges/Ramsay*, 1989.

LA MAÎTRESSE DU NOTABLE, *Seghers*, 1992. Prix Liberatur.

FABLES POUR UN PEUPLE D'ARGILE, *Belfond*, 1992.

ILS, illustrations de Sebastian Matta, *Amis du musée d'Art moderne*, 1993.

LES FIANCÉES DU CAP-TÉNÈS, *Lattès*, 1995.

UNE MAISON AU BORD DES LARMES, *Balland*, 1998.

LA VOIX DES ARBRES, *Le Cherche-Midi éditeur*, 1999.

ELLE DIT, *Balland*, 1999.

ALPHABETS DE SABLE, illustrations de Sebastian Matta, *Maeght*, 2000.

VERSION DES OISEAUX, illustrations de Velikovic, *Éditions François Jannaud*, 2000.

PRIVILÈGE DES MORTS, *Balland*, 2001.

ZARIFÉ LA FOLLE ET AUTRES NOUVELLES, *Éditions François Jannaud*, 2001.

COMPASSION DES PIERRES, *La Différence*, 2001.

LA REVENANTE, *Archipel*, 2009.

LA DAME DE SYROS, *Invenit*, 2013.

CHERCHE CHAT DÉSESPÉRÉMENT, *Écriture*, 2013.

LE ROMAN D'ASIA BIBI, *Cerf*, 2016.

COLLECTION FOLIO

Composition Nord Compo
Impression Novoprint
à Barcelone, le 03 avril 2017
Dépôt légal : avril 2017
ISBN 978-2-07-270190-0./Imprimé en Espagne.